Hutzelmann

Sybille Tagler-Scholz

2. Auflage
erschienen 2012
bei :
Books on Demand GmbH Norderstedt

Vorwort

Liebe Leser!
Diese Geschichte besteht aus Erfahrungen
und Erinnerungen, die jeder Mensch im
Laufe seines Lebens unweigerlich machen
wird. Vielleicht sind dem Einen oder
Anderen schon Situationen aus diesem
Buch begegnet. Lassen Sie sich fallen und
leben Sie dieses Buch mit!
Wie ich darauf gekommen bin, dieses Buch
zu schreiben? Durch Menschen, die mich
in
meinem Leben begleitet und geprägt
haben. Genießen Sie diese Geschichte,
denn sie ist nicht nur eine Liebeserklärung
an einen Menschen.

Sie ist auch eine Liebeserklärung an das
eigene Leben.

Denke nicht nach!
Erinnere Dich!
(Zitat: Sybille Tagler-Scholz)

Herstellung und Verlag:
Books on Demand GmbH, Norderstedt
ISBN 978-3-8370-5861-1

4.47Uhr

Komisch, eigentlich bin ich doch der Langschläfer! Ich liege still im Bett und schaue neben mich! Wer ist das? Im fahlen Licht sehe ich die Silhouette eines Mannes.

Je mehr sich meine Augen an die Dunkelheit gewöhnen, umso besser kann ich ihn sehen. Er hat so viele Falten, dünnes Haar und wirkt so zerbrechlich! Er sieht aus, wie ein kleiner Hutzelmann wie er da so liegt. Ich greife neben mich und betaste ihn. Ich rieche an ihm.
Durch das Fühlen und an seinem Geruch erkenne ich genau, dass es mein Mann ist. Warme Hände, warme Füße, die langen, mittlerweile dünnen Haaren, die zarte Haut. Es ist alles wie damals als ich kennen lernte. Nur, dass er heute Nacht älter scheint.

„Mein lieber Schnatz" denke ich mir, jetzt haben wir das geschafft, worüber wir immer unsere Witze gemacht haben. Wir sind zusammen alt geworden!

Durch meine Hände wird er wach! "Was ist los?" fragt er mich. "Du weißt doch, dass ich nicht schlafen kann, wenn du mich dabei ansiehst! Außerdem bin ich der

Frühaufsteher und ich bin noch müde, also kann es noch nicht so spät sein. Draußen geht ja noch nicht mal die Sonne auf! Wie spät ist es denn?"

4.49Uhr

„Komm her Spatz, leg Dich zu mir und schlafe noch ein bisschen!" Er streckt mir seinen Arm entgegen und ich lege mich hinein. Ich sage nichts, aber ich fühle mich geborgen. Ich rieche ihn, ich fühle ihn. Er ist bei mir und ich bei ihm. Ich fühle mich so wohl.

Es ist seltsam, es kam mir viel länger vor, dass ich ihn betrachtet hatte, aber es waren nur zwei Minuten. Die Zeit mit ihm geht viel zu schnell vorbei! Da ist es schon gut, wenn mir zwei Minuten viel länger vorkommen.

Ich mache die Augen zu und versuche zu schlafen, aber irgendwie geht es nicht.

Ich muss daran denken, dass mir heute im fahlen Licht, das erste Mal aufgefallen ist, dass mein Schnatz Falten hat. Ich hatte sie nie bemerkt. Wir sind uns jeden Morgen begegnet und für mich sah er aus wie immer.
Ich wohl eher nicht. Die Veränderungen an mir mussten deutlich sichtbar geworden sein, denn einmal als ich nackt vor ihm stand, weil ich aus der Dusche kam, forderte er mich neckend auf: "Du musst

Deine Bluse noch bügeln, so gehe ich nicht mit Dir aus dem Haus." und er lachte dabei. Wenn er lacht, muss ich auch lachen, denn ich liebe sein Lachen. Natürlich hat er mich auch manchmal verletzt, aber wer verletzt seinen Partner nicht?
Spätestens, wenn man ihn alleine lässt, ist er verletzt. Wenn man stirbt ist er verletzt!

Aber es ist ja noch lange Zeit und außerdem sterbe ich vor ihm. Das habe ich mir ganz fest vorgenommen. So kann er mich in diesem Punkt nicht verletzen. Ich könnte es nicht ertragen ohne ihn zu sein. Wenn ich sonst auch versuche, es ihm in allem recht zu machen, aber hier nicht, hier bin ich egoistisch. Ich sterbe zuerst!
Hoffentlich wird es so sein. Aber bis dahin ist es ja noch sehr lange hin!

Nach 54 Jahren, die ich fast täglich mit ihm schlafen gegangen und aufgewacht bin, liebe ich ihn mehr als je zuvor.

Ich mache die Augen auf und schaue auf die Uhr.

4.51 Uhr

Seltsam, die Zeit vergeht so langsam. Ich denke so viel und es erscheint mir so lange und die Zeit scheint fast zu stehen. Ich mache die Augen wieder zu. Ich erinnere mich daran, als ich meinen Schnatz zum ersten Mal gesehen habe. Es war keine Liebe auf den ersten Blick, obwohl er mir erzählt hat, dass er damals schon dachte: Was ist das denn für eine süße Maus? Ich fand diesen Satz, als er es mir gestand, etwas plump.

Mit meinen beiden Söhnen aus erster Ehe war ich bei einer Freundin zu besuch und musste dringend auf Toilette. Auf dem einen Arm Robin, den Großen, er war damals 18 Monate alt und im anderen den kleinen Lucas in einer Tragetasche, er war fünf Wochen alt.

Mein erster Mann, Rolf, hatte mir schon vor der Geburt unseres zweiten Sohnes, Lucas, gesagt, dass er mich verlässt. Er hatte keine Lust mehr auf Familie und wollte nicht gebunden sein. Er wollte leben, frei und nicht an eine Familie fest gekettet sein. Trotzdem war er bei der Geburt dabei. Er hatte mir schon gesagt, dass er eine andere Frau kennen gelernt hatte. Wir beschlossen aber trotzdem, noch eine Weile zusammen zu wohnen. Nicht nur aus finanziellen Gründen, sondern auch, weil wir unsere Gemeinschaft, die wir aufgebaut hatten, noch nutzen wollten und mussten, dass jeder von uns sein eigenes Leben aufbauen konnte. Ich war für den Haushalt zuständig und versuchte mich mit einer Putzstelle in einer Ferienhausanlage über Wasser zu halten. Bis zwei Tage vor der Geburt von Lucas hatte ich dort gearbeitet und acht Tage nach der Geburt arbeitete ich gleich dort weiter. Dank meiner kulanten Chefin war das möglich und Lucas konnte ich mitnehmen, um ihn stillen wenn er Hunger hatte. Robin blieb bei Rolf, bis ich von der Arbeit nach Hause kam. Meistens lag Rolf damals auf der Couch und schlief, wenn ich nach Hause kam während Robin durch die Wohnung turnte. Kam ich zur Tür hinein, machte er sich fertig und ging auf Arbeitssuche. Wenn er dies tatsächlich tat. Irgendwann hatte er dann auch eine Stelle in der gleichen Ferienhausanlage wie ich. Er arbeitete auf dem Golfplatz. Dort lernte Rolf eine Menge Leute kennen, mit denen er abends weg ging. Manchmal kam er nachts nicht mal nach Hause, aber es ging mich ja, so sagte er, nichts mehr an.

Zu dieser Zeit hatte ich Briefkontakt mit einem ehemaligen Freund aufgenommen. Kurzzeitig war er sogar etwas mehr als nur ein Freund gewesen. Die Briefe versteckte ich immer, weil ich Angst hatte, dass Rolf zornig wurde, wenn er sie finden würde. Dies geschah auch. Obwohl es ihn nichts mehr anging.

Schließlich hatte er sich von mir getrennt. Und obwohl nichts Schlimmes in den Briefen stand, wurde er wütend, als er die Briefe fand.

Ich kann mich noch gut erinnern, dass er mir damals die letzten 20 DM, die mir meine Freundin Silke geliehen hatte, aus meinem Portemonnaie genommen hatte. Ich hätte das Geld für Windeln und Babynahrung gebraucht, aber er nahm es einfach. Ohne zu fragen.

Als ich ihn auf dem Golfplatz aufsuchte um ihn zu fragen, warum er mir das Geld weggenommen habe, spuckte er mir ins Auto und fing an zu schreien. Selbst als ich ihm sagte, dass ich das Geld doch für Babynahrung und Windeln brauchte beruhigte er sich nicht. Im Gegenteil, er schlug mir mit der flachen Hand die Windschutzscheibe ein.

Silke und ich waren geschockt und ich konnte mich zunächst nicht bewegen. Er spuckte wieder ins Auto und hob die Hand um mir eine Ohrfeige zu geben. Silke beugte sich zu mir rüber und drückte den Fensterheber. Daraufhin sprang er mit einem Bein auf die Motorhaube und trat mir eine Beule hinein.

Silke meinte, es wäre besser, ein paar Sachen zusammen zu packen, die Kinder zu nehmen und zu ihr zu fahren. Sie wohnte damals bei einer weiteren Freundin von mir, Synthia. Wir packten das Nötigste und fuhren dann auch.

Aber das war ja schon nachdem ich meinen Schnatz kennen gelernt hatte.

Nun ja, ich musste also dringend auf Toilette. Ich huschte mit einem kurzen "Hallo" durch das Wohnzimmer, stellte Robin vor die Couch, die Tragetasche mit Lucas darin stellte ich auf die Couch und verschwand im Bad. Als ich aus dem Bad kam, stellte ich mich dann richtig vor: "Hallo, ich heiße Franziska!".

Auf der Eckbank saß ein junger Mann mit langen blonden Haaren und blauen Augen, nicht hässlich, aber überhaupt nicht mein Typ. Bevor er jedoch etwas sagen konnte, kam ihm Synthia zuvor und stellte ihn als Angel vor!

"Angel?" kam etwas zögernd aus meinem Mund, - wenn es geht, lässt er sich auch noch so rufen - dachte ich mir. Ich muss dabei wirklich entsetzt geschaut haben, denn der Blick, den mir Synthia zuwarf, war recht vorwurfsvoll.

Sie verschwand dann schnell im Bad, um sich zu duschen.
"Ich heiße gar nicht Angel, ich heiße Hermann" stellte er sich verlegen und leise vor. Ich hatte mich mittlerweile ihm gegenüber auf einen Stuhl gesetzt und musste ihn wieder entsetzt angeschaut haben.
"Hermann!" sagte ich feststellend, langsam und leise!

Das war der Moment als ich dachte, wo kommt der denn her?

Der Name war, so fand ich, altmodisch und passte gar nicht zu ihm. Aber wir kamen ins Gespräch und es war sehr interessant.
Wir unterhielten uns so angeregt, dass uns gar nicht auffiel, dass Synthia aus dem Bad kam. "Will noch jemand einen Kaffee?" fragte sie als sie sich zu uns an den Tisch setzte. Natürlich wollten wir noch eine Tasse Kaffee, denn eine volle Tasse war ein Grund nicht zu gehen.

Als Hermann auf Toilette ging, erzählte Synthia mir, dass sie ihn in einer Diskothek kennen gelernt habe und ihn gleich mit nach Hause genommen hat. Das war eigentlich ganz und gar nicht ihre Art. Sie hatte sich in ihn verguckt, worüber ich mich für sie freute. Ich mochte ihn und fand, das er vielleicht einen guten Einfluss auf sie haben könnte. "Und was meint er dazu?" fragte ich sie neugierig. "Er weiß es noch nicht." Wobei die Betonung auf - noch - lag. Irgendwann abends, nach dem Hermann schon lange weg war und meine Freundin und ich noch lange und viel gelacht haben, fuhr ich dann nach Hause. Rolf war nicht da und er kam auch diese Nacht nicht nach Hause.

Am nächsten Tag erzählte er mir, er sei mit dem Auto in einen Graben gefahren, aber ich wusste, dass er mich wieder mal belogen hatte. Es war mir auf einmal egal!
Er hatte mir ja gesagt, dass er mich verlässt und das war eigentlich schon lange geschehen. Außer den vier Wänden, in welchen wir noch zusammen lebten und den Kindern hatten wir keine Gemeinsamkeiten mehr.

Wir hatten eine Vereinbarung getroffen. Wenn ich ausging, würde er auf die Kinder aufpassen, aber ich musste zur vereinbarten Zeit zurück sein. Um sicher zu gehen, dass ich auch pünktlich Zuhause wäre, durfte ich keinen Schlüssel mitnehmen. Ich hätte also vor verschlossener Tür gestanden, wenn ich nicht zur ausgemachten Zeit zu Hause gewesen wäre.

An einem Tag, ich fuhr wieder zu Synthia und verspätete mich am Abend um eine halbe Stunde. Ich stand tatsächlich vor verschlossener Tür. Dabei hatte ich versucht anzurufen, Rolf war aber nicht ans Telefon gegangen. Um 20 Uhr wollte ich Zuhause sein, um 20.30 Uhr war ich zu Hause. Ich kam nicht rein, es war auch alles dunkel. Als ich zu einer Nachbarin gehen wollte um zu telefonieren, fiel mir auf, dass sein Auto nicht auf dem Parkplatz stand. Caroline, die Nachbarin, wohnte schräg gegenüber. Ich ging also zu ihr. Sie machte mir die Tür auf und sagte mir, dass Lucas bei ihr wäre, Robin aber alleine in der Wohnung wäre und schlief. Sie sagte mir, dass Rolf schon um 19.00 Uhr weg gefahren wäre, weil er eine Verabredung hatte.

Ich war wütend, denn er hätte mich anrufen können und ich wäre früher nach Hause gekommen. Er konnte doch ein 19 Monate altes Kind nicht einfach alleine Zuhause lassen. Was hätte da alles passieren können!

Ich musste also unseren Vermieter anrufen und ihn bitten, die Wohnung aufzuschließen. Als Herr Möller kam, sprach er mich auf die Kündigung der Wohnung an. Ich fragte ihn verwundert, um welche Kündigung es ginge und was los wäre. Herr Möller meinte, ich wüsste genau wovon er sprach, schließlich würde ich ja auch in dieser Wohnung leben. Ich erzählte ihm, dass ich zwar noch mit meinem Mann zusammen wohnte, wir aber getrennt seien und es nur noch eine Frage der Zeit wäre, bis er oder ich ausziehen würde. Daraufhin erzählte er mir, es wäre seit vier Monaten keine Miete mehr eingegangen und wenn er angerufen hätte, wäre nur aufgelegt worden. Ich fragte ihn, wann er angerufen hätte und er meinte, dass er es immer wieder probiert hätte, morgens zu seiner Arbeitszeit, zwischen 8 und 12 Uhr. das war genau die Zeit, zu der ich arbeiten war. Es war also nur mein Mann Zuhause. Ich konnte nicht fassen, dass er vier Monate keine Miete bezahlt haben sollte. Ich hatte auch keinen Einblick auf die Ein- und

Ausgänge des Kontos, da es alleine von meinem Mann eröffnet worden war und er mir nie eine Vollmacht ausgestellt hatte. Ich selbst hatte kein Konto. Rolf wollte das nicht!

Ich versuchte Herrn Möller die Situation zu erklären und versprach, meinen Mann darauf anzusprechen. Nun war ich noch wütender, aber nicht nur, weil er das Geld, das ich verdient hatte für alles andere als die Miete ausgegeben hatte, sondern weil ich auch nicht wusste, wie ich ihn darauf ansprechen sollte ohne dass er sich provoziert fühlte und aggressiv wurde. Aber ich war auch froh, dass Herr Möller gekommen war und mich in die Wohnung ließ, denn so war ich mit Lucas wieder in der Wohnung bei Robin. In dieser Nacht schloss ich mich mit meinen beiden Kindern im Schlafzimmer ein. Aber ich hätte mir das sparen können, denn es war wieder eine von diesen Nächten, in denen Rolf nicht nach Hause kam.

Kurze Zeit später kam es zu diesem heftigen Streit auf dem Golfplatz, den ich bereits erwähnt hatte und ich zog aus der gemeinsamen Wohnung aus.

Synthia hatte mir angeboten bei ihr zu wohnen, bis ich eine eigene Wohnung gefunden hätte. Was hätte ich damals ohne sie gemacht?

Auch Silke wohnte bei Synthia. Mit ihr war ich auf Anhieb eng verbunden. Sie war ein Engel. Vorübergehend wohnte noch ein anderes junges Mädchen, Verena, mit in dem kleinen Haus.

Es war ein ganz kleines Häuschen, eine ehemalige Milchküche. Unten kam man, wenn man das Haus betrat in eine winzige Diele und dann direkt in die Küche. Man ging dann mit drei Schritten durch die Küche, um ins Wohnzimmer zu gelangen. Oben war ein großes Zimmer, welches provisorisch zu zwei kleinen Zimmern abgetrennt war. Rolf und ich hatten mal in diesem Haus gewohnt und die Abtrennung damals gemacht, als ich mit Robin schwanger war.

Silke und Verena hatten einen Freund, meine Freundin Synthia, bei der ich nun vorübergehend wohnte, war in Hermann verliebt und ich hatte meine beiden Kinder. Aber trotz meines Einzugs mit den Jungs, wurde es seltsamerweise nie eng. Wer männlichen Besuch hatte, durfte oben schlafen, was zur Folge hatte, dass ich immer unten schlief und mir abwechselnd Synthia, Verena oder Silke Gesellschaft leisteten. Verena schlief meistens in dem abgetrennten Zimmer oben. Sie wohnte auch nicht lange mit uns zusammen und zog bald aus.

Synthia drängte mich immer, Hermann anzurufen, um ihn einzuladen. Ich verstand mich sehr gut mit ihm und das nahm sie als Vorwand: „Ihr könnt euch doch so gut unterhalten. Wenn Du anrufst, kommt er bestimmt." Er war Musiker und Student und wann immer ich ihn bat zu kommen, kam er vor oder nach der Probe oder nach der Fachoberschule. Wenn Hermann kam, ließ ich die beiden dann meistens alleine. Wohin ich gehen sollte, wusste ich oft selbst nicht, aber die beiden sollten sich ja näher kommen. Ich wusste nicht, was ich Hermann damit antat. Er wartete dann eigentlich nur, dass ich endlich wieder kam. Bis dahin wechselte er mit Synthia nur karge Worte, da die beiden einfach kein Thema fanden. Wenn ich wieder kam, saßen Hermann und ich oft bis spät in die Nacht, tranken Kaffee und unterhielten uns. Manchmal saßen wir sogar die ganze Nacht und der arme Kerl ging morgens völlig übermüdet in seine Vorlesungen. Ob lustig, ernst, spannend, wir hatten immer ein interessantes Thema, über welches wir uns unterhielten. Uns ging auch nie der Gesprächsstoff aus und es wurde nie langweilig. Da wir beide gerade eine sehr unschöne Beziehung hinter uns hatten, kam uns auch gar nicht der Gedanke, dass wir uns ineinander verlieben könnten.

Vielleicht verstanden wir uns deshalb so gut, da wir beide keine Absichten gegenüber dem anderen hatten. Und ich hoffte ja auch, dass sich zwischen Synthia ihm irgendwann etwas ergab.

Ich weiß nicht was mit ihr los war. Synthia lehnte jeden gut gemeinten Rat den ich ihr gab, um sich Hermann zu nähern, ab. "Er hat eine Mauer um sich gebaut, hinter der er sich versteckt, weil er schlechte Erfahrungen gemacht hat, die muss ich langsam und vorsichtig abbauen. Ich darf sie nicht mit Gewalt durchbrechen." sagte sie zu mir. "Quatsch, du musst schon etwas auf ihn zugehen, dass er weiß was du willst. Wenn du immer nur wie ein Mauerblümchen neben ihm sitzt und nichts sagst, weiß er gar nicht was er hier überhaupt soll. Es geht auch nicht, dass ausgerechnet ich ihn immer hier her zitiere und dann verschwinde. Was meinst du, was er da denkt? Er hat eine schlechte

Erfahrung gemacht, aber er lebt noch. Außerdem gefällt es nicht nur Frauen, wenn sie den Hof gemacht bekommen. Er muss doch wissen woran er ist und wenn du es ihm nicht sagst, dann wird er nie verstehen, warum ich euch so oft alleine lasse. Jetzt reiß dich endlich mal zusammen und sag ihm dass du ihn magst, sonst kann er dir nicht sagen, dass er dich mag!" entgegnete ich ihr. "Ach Franziska, er mag mich, das spüre ich und er sitzt jetzt bestimmt im Proberaum, spielt "Baby I love you", denkt an mich und weint, weil er Angst hat mit mir auch eine schlechte Erfahrung zu machen." Ich fand es sehr mutig von ihr, sich einer solchen Illusion hinzugeben und innerlich musste ich mir das Lachen verbeißen, denn ich wusste, dass Hermann mit Sicherheit nicht im Proberaum "Baby I love you" spielte. Vor kurzem hatte er mir gesagt, dass Synthia zwar ganz nett sei, er aber mit ihr auf keinen Fall eine Beziehung wolle und mit ihr auch nie eine führen könnte, da sie nicht sein Typ sei. Die eine Nacht, die er mit ihr verbracht hatte und in der sie die ganze Zeit geknutscht hätten, wäre ja ganz schön gewesen, weil es die erste Nacht war, die er nicht nach Hause gefahren war und er so etwas auch noch nie gemacht hätte, aber nach Wiederholung schrie das nicht.

Ich wollte Synthia nicht enttäuschen und sagte deshalb nichts. Außerdem fiel es mir schwer ihm zu glauben, was er gesagt hatte. Man küsst doch nicht einfach drauf los, ohne dabei etwas zu empfinden.

Spät am Abend kam er dann noch mal zu uns. Synthia ging gegen 0.30 Uhr ins Bett. Ich dachte mir noch, „sie" hätte eigentlich bei ihm sitzen bleiben müssen. Aber ich konnte ja nirgendwo hin, mein Platz war ja unten. Hermann und ich saßen noch eine ganze Weile. Eigentlich die ganze Nacht. Irgendwann lagen wir auf der Eckbank, weil wir beide müde waren, aber wir wollten uns auch noch nicht "bis morgen" sagen. Ich lag auf der langen Seite der Eckbank und er auf der kurzen und wir redeten und erzählten uns gegenseitig von uns. Was wir als Kinder angestellt hatten, welche Erfahrungen wir mit unseren Partnern gemacht hatten und warum wir keine Beziehung mehr wollten. Dabei streckte er seine Hand zu mir und streichelte mein Haar. Es war schön und tat gut, deshalb ließ ich es mir gefallen. Ich hatte es vermisst. Ja, ich hatte vermisst, dass Gefühl zu haben, dass mich jemand mag.

Das sagte ich ihm auch und er streichelte weiter ohne etwas zu sagen.

Morgens um 6.30 Uhr kam Silke die Treppe runter. Sie hatte mit Synthia oben geschlafen. Sie sah uns auf der Eckbank liegen, grinste und fragte, ob sie uns Frühstück machen sollte. Hermann stand auf und sagte: "Nein Danke! Ich muss los!" Als ich ihn zur Tür brachte, sagte er zu mir, dass wir auch mal bei ihm einen Kaffee trinken könnten. Silke war nur am schmunzeln über unsere Unbeholfenheit, die mittlerweile offensichtlich war. Als Hermann weg war meinte sie: "Euch beide hat es aber ganz schön erwischt!" "Quatsch, wir haben die ganze Nacht geredet und haben uns irgendwann auf die Eckbank gelegt, weil uns der Hintern vom sitzen weh getan hat. Ist der Kaffee schon fertig?" Silke schmunzelte immer noch, gab mir einen lieben Kuss auf die Stirn, wie sie es heute noch macht wenn wir uns sehen und holte mir einen Kaffee.

Nach dem Verena ausgezogen war, hatten immer zwei von uns drei Mädels Ausgang. Eine blieb dann bei den Kindern. Synthia hatte auch eine Tochter, die aber nicht bei ihr wohnte, sondern vier Häuser oberhalb der Straße, bei ihrer Oma. Sie war tagsüber bei uns und am Wochenende.

An einem Abend hatte ich eine unverbindliche Verabredung mit einem Bekannten. Silke und Synthia wollten an diesem Abend nicht weg und so fuhr ich erst zu der Verabredung mit meinem Bekannten und später dann zu Hermann. Er hatte auf einem Reiterhof eine winzige 34 qm große Studentenbude, wie er so schön sagte. Ein Zimmer, Küche und Bad, welches schon ab einer Person überfüllt war. Aber immerhin war eine Toilette, ein Waschbecken und eine Dusche darin. Das Leitungswasser durfte man nur zum Waschen, Duschen und Zähne putzen verwenden. Trinkwasser musste man sich in Kanistern von der Vermieterin holen oder von anderer Stelle mitbringen. Der Reiterhof war direkt am Rhein, daher war das Grundwasser nicht zum Trinken geeignet und Leitungen von der Straße bis zum zwei Kilometer entfernten Hof gab es keine. Es gab auch nur Überlandstrom, was man bei einem Unwetter durch Lichtflackern und Stromausfall deutlich spüren konnte.

Ich fuhr also zu ihm. Er machte mir mit verschlafenem Gesicht in T-Shirt und

Unterhose die Türe auf. Ich war etwas erschrocken, nicht von seinem Anblick, sondern, dass er mir um 22 Uhr in Unterhosen die Tür öffnete. Er wusste doch, dass ich an diesem Abend etwas später noch vorbei kommen wollte. Da er vergessen hatte, Wasser zu holen, konnte er mir keinen Kaffee kochen, also holte er aus seinem Kühlschrank eine Flasche Piccolo. Bestimmt hat er sie heute noch besorgt, dachte ich mir. Er setzte sich mit mir an den Küchentisch und wir unterhielten uns wieder über dies und das. Komisch, dass wir so viel Gesprächsstoff hatten, wo wir uns doch gar nicht richtig kannten. Wahrscheinlich kannten wir uns mittlerweile doch schon besser als wir dachten. Natürlich benutzten wir die zwei einzigen Sektgläser die er besaß. Ich sagte ihm, dass ich noch Auto fahren müsse und deshalb nur einen kleinen Schluck trinken könne. Dabei blieb es auch, bis er meinte, dass wir uns doch in sein Wohn- und Schlafzimmer setzen sollten, da wir dort auch ein wenig Musik hören könnten. Wir gingen rüber und ich sah, dass er nur eine Ausziehcouch hatte, die natürlich auch ausgezogen war. Später erfuhr ich, dass sie immer ausgezogen war, da der Bezug zerrissen war. Er setzte sich in die Mitte von der ausgezogenen Couch an die

Rückenlehne und legte sich seine Bettdecke über die Beine. Ich saß fast am Fußende und drehte mich zu ihm, so dass wir uns unterhalten konnten, ohne dass ich ihm den Rücken zudrehen musste. Musik gab es keine, da wir sofort wieder ein Gesprächsthema hatten. Irgendwann tat mein Oberkörper weh und mein Rücken war fast steif, da ich ihn immer zur Seite drehen musste um mit Hermann zu reden, ich lehnte mich am Fußende zur Seite. Meinen Kopf auf den Arm gestützt und die Füße auf dem Boden, also halb liegend, halb sitzend. So konnte ich ihm beim Reden ins Gesicht schauen, ohne mich weiter zu verrenken. Er legte sich ebenfalls in diese Position und wir konnten uns während dem Unterhalten in die Augen schauen.

Nachdem mein Glas leer war, stellte ich es vor das Bett. Als ich mich wieder auf die Seite legen wollte, saß Hermann plötzlich neben mir, stellte ebenfalls sein Glas vor das Bett, beugte sich über mich, legte mich auf den Rücken und küsste mich.
Danach schaute er mich fragend an. Ich schaute fragend zurück, zuckte mit den Schultern und er küsste mich wieder. Es war romantisch und ich genoss es. Er war so zärtlich. Aber genau das machte es zu

dem Moment, an dem es Zeit für mich wurde zu gehen. Ich sagte "heiß!" "Wie bitte?" meinte er. "Mir wird es gerade zu heiß. Ich glaube ist es besser wenn ich jetzt gehe." sagte ich. Ich ließ ihn einfach stehen und er tat mir etwas leid, denn das Küssen hatte ihn nicht kalt gelassen. Mich übrigens auch nicht!

Ich glaube fast, ich tat mir selbst leid und wäre am liebsten zurück gegangen. Aber nein! Ich habe meine Prinzipien und lasse mich nicht gleich nach einem Kuss auf etwas ein. Ich ging mit dem Gedanken, mich wieder von ihm Küssen zu lassen, denn er küsste einfach umwerfend. Das war am 26. August 1994. Er wusste, dass ich meine Freundschaft zu Synthia wegen ihm nicht aufs Spiel gesetzt hätte und er war heil froh, als Synthia sich nur zwei Tage später neu verliebt hatte und daraus sofort eine Beziehung entstanden war. Ihr neuer Freund hieß Martin. Ein netter, etwas ausgeflippter Typ, aber er passte zu Synthia. Hermann und ich konnten uns also näher kommen, was schneller als erwartet passierte. Silke grinste natürlich wieder und sagte:" Ich hab´s doch gewusst!" "Nein, dass mit Hermann und mir ist nichts festes, sollte je einer von uns seinen Traumpartner finden, ist das in

Ordnung, wir verstehen uns nur gut. Und wir sind nur Menschen und so lange wir solo sind, können wir doch auch..., ach, du weißt was ich meine." sagte ich verlegen.

Ich mache die Augen auf und muss schmunzeln. Meine Silke, mein Engel! Sie ist heute noch mein Lieblings-Ossi wie ich sie immer scherzhaft genannt hatte. Silke kam aus Grünau im Osten. Sie brauchte mich nur anzusehen und wusste gleich was los war, noch bevor ich es überhaupt wusste. Ja, sie ist mein Engel.

Meine Augen öffnen sich wieder und schauen auf den Wecker.

4.56Uhr

Was, es sind fünf Minuten vergangen? Was ist denn mit der Zeit? Ich liege im Arm von meinem Schnatz und höre sein Herz schlagen. Er schnauft ganz leise wenn er schläft, wie er es immer getan hat. Es ist so schön, dass wir uns gefunden haben. Was wäre mein Leben ohne ihn gewesen. Was wäre passiert, wo lang hätte mich mein Weg geführt? Egal, ich will es nicht wissen und ich muss es auch nicht, denn ich bin ja hier! Die Uhr springt um auf 4.57 Uhr, die Zeit steht doch nicht!

Ich freue mich schon auf das Frühstück, dass mein Schnatz jeden Morgen zubereitet. Ich schließe wieder die Augen und denke, - diesmal schlafe ich ein -, denn ich fühle mich schwer. Je schwerer ich mich fühle, umso schwerer wird meine Erinnerung. Ich träume!
Ja. ich glaube, diesmal träume ich!

Unser erster gemeinsamer Urlaub im Ausland war in Österreich. Alt Aussee! Meine Mutter war gerade verwitwet und wir fuhren mit ihr über Weihnachten dort hin. Es war traurig, weil meine Mutter viel weinte, aber auch schön, weil die Kinder, Hermann und ich sie zwischendrin zum lachen bringen konnten. In der Kirche beim Weihnachtsgottesdienst weinte meine Mutter ganz schrecklich. Es war das erste Weihnachten ohne ihren Mann. Da nahm ich mir vor, dass wenn ich mit Hermann mein restliches Leben zusammen verbringen sollte, ich diejenige sein würde die zuerst stirbt.

Ich weiß noch, dass ich mich wunderte, wie viele Tränen ein Mensch hat. So viele in ein paar Minuten. Es sah für mich aus, als wären es hunderte Tränen. Die vielen Taschentücher, die meine Mutter brauchte waren alle so nass geweint, dass sie fast zerrissen.

Auf einmal knatterte es, meine Mutter drehte sich zu mir um und schaute Lucas an, er war mittlerweile eineinhalb Jahre alt. Ich hatte ihn auf dem Arm und meine Mutter fing an leise zu lachen.
Es knatterte weiter und und es wurde mir irgendwie etwas peinlich, denn das Knattern war gefolgt von einem Gestank, welcher sich nicht mehr vertuschen ließ. Er kam aus Lucas` Hose. Die Windel war nun voll! Natürlich passiert so etwas immer im ungünstigsten Augenblick!
Ich verließ schnell die Kirche und ging ins Hotel zurück, um Lucas die Windeln zu

wechseln. Etwas später kamen dann auch Hermann, Robin und meine Mutter aus der Kirche. Wir feierten Weihnachten und die Bescherung und gingen danach im Hotelrestaurant essen. Es war ein sehr schöner Abend, an welchem wir viel lachten, aber auch manchmal weinten.

Nach Hause fuhren wir am Sylvestermorgen. Das Auto war so voll gepackt, weil meine Mutter in Bad Aussee, dem etwas größeren Nachbarort von Alt Aussee, noch Schlitten, Spielzeug, Trachten und andere Kleidung für die Kinder, ein Dirndl und eine Jacke für mich, für Hermann eine Trachtenjacke und für sich selbst auch noch einige Dinge eingekauft hatte. Wir wussten nicht mehr, wo wir unser mitgebrachtes Gepäck verstauen sollten. Es fand sich auch keine Lücke mehr, in welche man hätte etwas reinstopfen können. Vor allem aber wussten wir nicht, wo und wie wir noch sitzen sollten.

Am gemütlichsten saß Hermann auf dem Fahrersitz. Obwohl der Sitz senkrecht stand und ziemlich weit nach vorne geschoben war. Aber Hermann hatte trotz seiner langen Beine den besten Platz und den meisten Freiraum. Der Rest von uns saß acht Stunden lang, mit den Beinen bis an die Ohren angezogen, im Auto und musste diese Stellung halten bis wir Zuhause ankamen. Alles in Allem, war aber nicht nur der Urlaub schön, sondern auch die Heimfahrt, denn da lachte meine Mutter das erste Mal wieder aus vollem Herzen.

Im darauf folgenden Frühling fuhren wir mit meiner Mutter wieder nach Alt Aussee. Wir hatten es sonnig und warm und konnten trotzdem, wenn man ungefähr zehn Minuten lang den Berg hinauf fuhr, Ski fahren. Eigentlich war es ein kläglicher Versuch, Ski zu fahren. Nachdem ich meinen Kampf gegen die Skier verloren hatte, - meine Mutter hatte fleißig fotografiert, dann aber festgestellt, dass kein Film in der Kamera war -, tauschten wir die Ski gegen ein Snowboard ein. Mittlerweile hatte meine Mutter einen Film in die Kamera eingelegt und fotografierte uns nun beim Snowboard liegen. Denn wir lagen mehr, als das wir fuhren. Es war so lustig. Hermann und ich lachten so viel, dass uns der Bauch weh tat. Wir lagen mit verdrehten Beinen im Schnee und versuchten wieder aufzustehen, wir mussten uns gegenseitig die Sicherungen am Snowboard öffnen, da wir sie alleine nicht mehr erreichten und wir waren die ganze Zeit nur ausgelassen am lachen. Drei Stunden brauchten wir, bis wir verstanden, dass auch Snowboard nicht unsere Sportart war. Meine Mutter war in dieser Zeit mit den Kindern Schlitten fahren gegangen und mein Schnatz und ich hatten etwas Zeit für uns. Nur für uns! Im Schnee! Mit meiner Mutter hatten wir uns für später in der Skihütte verabredet, dass wir gemeinsam wieder den Berg hinunter nach Alt Aussee fahren konnten. Auch dieser Urlaub war sehr schön. Wir gingen spazieren und fuhren mit einer Plätte - einem kleinen Boot – über den See. Ich hatte solche Angst, dass Robin oder Lucas aus dem kleinen niedrigen Boot hätte heraus fallen könnten, dass ich ihnen Schwimmflügel anzog. Alle lachten, aber ich wog mich und meine Kinder in Sicherheit.

Was selbstverständlich in diesem Urlaub auch wieder nicht fehlen durfte war das Einkaufen in Bad Aussee mit meiner Mutter. Natürlich wurde wieder jedes Geschäft genau inspiziert und in jedem zweiten Geschäft etwas gekauft. Mein Schnatz und ich ahnten damals schon, wie das ausgehen würde. "Völlig überfülltes Auto!" sagte Hermann und ich nickte zustimmend. So war es auch! Als wir nach

Hause fahren wollten, bekamen wir den Kofferraumdeckel nicht mehr zu. Also wurde das Auto wieder ausgeladen und so lange ein- und ausgeräumt, bis wir alles verstaut hatten und alle Türen geschlossen werden konnten.

Auch dieses Mal saßen wir, mit bis an die Ohren angezogenen Beinen, im Auto und Hermann als Fahrer hatte wieder den besten Platz.

Es folgten noch weitere Urlaube. Meine Mutter und ich waren zusammen mit den Kindern im Euro Disney Land in Paris. Wir flogen, weil das die schnellste und bequemste Reiseart war. Außerdem kann man ein Flugzeug nicht so schnell überladen, weil man zu viel eingekauft hat. Robin wollte unbedingt am Fenster sitzen. Bei jeder Schneise, die wir flogen, hatte er jedoch Angst, dass wir abstürzen. Ein paar Minuten nach dem Start, musste Robin dringend zur Toilette. Er war ja schon groß und konnte alleine gehen. Aber kurz nach dem Robin die Tür hinter sich geschlossen hatte, fing er auf einmal fürchterlich laut an zu schreien, rannte aus der Toilette durchs Flugzeug und alle schauten sich nach ihm um. Er hatte die Hose noch nicht ganz hochgezogen und rief laut um Hilfe. Es war nichts passiert, er hatte sich nur vor der

Toilettenspülung erschreckt, da diese im Flugzeug etwas laut ist.

Im Jahr darauf machten wir noch mal alle zusammen Urlaub am Gardasee. Es war die Katastrophe schlechthin. Eigentlich hatten wir einen Bungalow gemietet. Wir konnten aber nicht länger als eine Nacht darin bleiben. Er war schmutzig und hatte überall an den Wänden Schimmel, so dass wir uns sofort eine neue Unterkunft suchten. Diese war ungefähr drei Mal so teuer.
Meine Mutter hatte uns eingeladen, sonst wäre hier der Urlaub für uns zu Ende gewesen. Wir blieben zwei Tage und fuhren dann weiter nach Tirol. Dort hatten wir Glück und fanden für den Rest des Urlaubs eine schöne Ferienwohnung. Simon war damals schon auf der Welt und genau in diesem Urlaub machte er seine ersten Schritte. Dann folgte noch ein gemeinsamer Urlaub mit meiner Mutter und meinem Bruder in Frankreich. Von dort aus fuhren wir für einen Tag nach Spanien und kamen einen Tag vor Weihnachten zurück nach Deutschland.

Meine Mutter fuhr dann noch ein paar mal mit den Kindern alleine weg, damit Hermann und ich etwas Zeit für uns hatten.

Hermann und ich fuhren auch noch ein paar Mal weg. Wir waren in Griechenland, Portugal, Türkei und machten einen Wochenendurlaub zu seinem 32. Geburtstag in Irland. Zu unserem 10. Jahrestag schenkte ich ihm ein verlängertes Wochenende in Stockholm. Das war zusammmen mit Irland der schönste Urlaub, auch wenn er nur sehr kurz war, den wir beide zusammen verbracht hatten.

Wir beide alleine!

Ich hatte damals heimlich einen Flug nach Schweden gebucht, ohne dass Hermann es mitbekommen hatte. Ich brauchte fast drei Wochen um unsere Koffer zu packen, da ich nach und nach immer wieder ein Teil von ihm verschwinden lassen musste, dass er nichts merkt. Es fiel mir so schwer ihm nichts zu erzählen. Es brannte mir auf der Zunge, aber ich wollte ihn ja überraschen. Irgendwie bekam ich es hin, dass er sich auf der Arbeit donnerstags und freitags Urlaub nahm und regelte auch, dass er zu diesem Zeitpunkt keine anderen Termine hatte. An unserem 10. Jahrestag, das war donnerstags, stand ich morgens schon ganz früh auf, schmückte das Auto während Hermann unter der Dusche stand und lud die Koffer in den Kofferraum meines Autos. Ich hatte ihm einen schönen Brief geschrieben in dem stand, dass wir zum Flughafen fahren würden, weil dort bald unser Flugzeug nach Stockholm starten würde. Er war und ist heute noch Skandinavien begeistert. Von den ganzen, heimlichen Vorbereitungen hatte er nichts bemerkt. Hermann wollte an diesem Tag gemeinsam mit mir etwas spontan unternehmen und abends schön essen gehen. Als er aus der Dusche kam, sagte ich zu ihm, er solle sich bitte den Fotoapparat nehmen und mit mir mit kommen, ich wolle ihm noch etwas zeigen bevor wir *unseren* Tag starteten. Er fragte noch ob er eine Jacke bräuchte und ich sagte ihm, er solle sie vorsichtshalber mitnehmen, falls es kühl werden würde. Ansonsten könnten wir sie ja im Auto lassen. Er kam mit und wollte wissen, wo es denn nun hinginge. Ich sagte ihm nur dass es eine Überraschung sei und ich es ihm sagen würde, wenn ich getankt hätte. Wir fuhren an die Tankstelle und er fing an zu raten. "Fahren wir nach Zotzenheim?" Dort hatten wir ein Haus. "Nein!" sagte ich "Ich sage es dir gleich, wenn ich bezahlt habe und wir auf der Autobahn sind." Er war so neugierig und platzte fast. "Gib mir doch mal einen Tipp!" "Schnatz, gleich, wenn wir auf der Autobahn sind, erfährst du wo es hingeht." Das Auto war von außen wie auch von innen mit roten Herzen und bunten Buchstaben - 10 Jahre Hermann und Franziska - geschmückt. Ich hatte sie alle in Feinstarbeit aus Moosgummi ausgeschnitten. Als wir auf die Autobahn fuhren, zeigte ich ihm, dass am Handschuhfach ein kleines Schild klebte und er nur den Anweisungen darauf folgen müsse. Auf dem Schild stand: *Öffne mich!* Er öffnete das Handschuhfach und darin lagen zwei Flaschen Piccolo und ein Brief. Auf dem Umschlag stand: *lies mich!* Er machte den Umschlag auf und las laut vor: "Achtung! Achtung! Sie befinden sich zur Zeit auf dem Weg zum Flughafen Frankfurt Hahn. In wenigen Stunden wird dort Ihr Flugzeug nach Stockholm -Schweden starten. Wir bitten Sie, sich darauf einzustellen und Ihr Gepäck sowie Ihre gute Laune parat zu halten." Er schaute mich mit Tränen in den Augen an und stammelte: "Stockholm? Schweden?" Als ich ihn ansah, kamen auch mir die Tränen. "Wie hast du das gemacht, ohne dass ich etwas mitbekommen habe?" "Schnatz, es ist mir so schwer gefallen, dir nichts zu sagen und es war auch gar nicht so einfach, aber ich habe wieder einmal gezaubert! Schau mal in meinen Rucksack!" Er schaute hinein und fand dort

Plastikdosen gefüllt mit Baguette, Käsewürfel und kleinen getrockneten Salamiwürsten.

Ich kann sie noch riechen, als hätte ich eines in der Hand.

"Du hast ja an alles gedacht." Er lächelte mich an und hatte immer noch Tränen in den Augen.
Meine Mutter hatte mir bei dem Plan selbstverständlich wieder einmal geholfen und mir Geld geliehen, weil ich zwar den Flug und das Hotel zusammengespart hatte, aber das Taschengeld doch etwas spärlich ausgefallen wäre. Später zahlte ich es ihr dann zurück, aber auch nur in kleinen Raten, da ich alles aus kleinen Beträgen, die vom Einkaufsgeld oder ähnlichem übrig blieben, zusammensparte.

Am Flughafen angekommen suchten wir uns erst mal einen Parkplatz, holten die Ticket´s am Schalter ab und setzten uns dann an unser Gate, um auf das Flugzeug zu warten. Zum Zeitvertreib hatten wir ja unseren Picknick-Rucksack und die Piccolos. Als wir dann schließlich in den Flieger stiegen, waren wir beide angeheitert, aber unser Benehmen war noch vorhanden.

Sich in Stockholm zurecht zu finden ist weder zu Fuß, noch mit den öffentlichen Verkehrsmitteln schwer. Wir kamen sehr gut zurecht. Am ersten Tag fragte ich Hermann, ob wir uns das Vasa-Museum anschauen wollten. Ich war ja schließlich vorbereitet, hatte eine deutsche Stadtkarte für Stockholm und wusste was meinen Schnatz interessieren würde. "Das Wasa Museum? Hat Wasa ein eigenes Museum für Knäckebrot?" " Nein, nicht Wasa wie das Knäckebrot! Die Vasa war ein Schiff, dass hier im Hafeneingang untergegangen war und das in den 50er Jahren gehoben wurde. Hast du Lust?" "Ja, sonst haben wir ja heute noch keine Pläne." lächelte er. In diesem Museum brauchten wir viel Zeit. Es war nicht groß, aber beeindruckend. Man kam in das Museum rein und stand direkt vor einem 400 Jahre alten Schiff. Der Geruch von altem Holz und Restaurationsflüssigkeit stiegt einem in die Nase. Man konnte sogar - durfte es zwar nicht - das alte Segel der Vasa berühren. Das Museum wurde am Anlageplatz des geborgenen Wracks gebaut. Außer dem Schiff, dass man sich auf vier Etagen anschauen konnte, wurden auch noch Fundstücke wie Münzen, Kleidung und das alte Segel ausgestellt. Es gab Kinoräume, in denen man sich die Geschichte der Vasa ansehen konnte. In einem anderen Saal, konnte man sich ansehen, wie sie geborgen wurde. Es war beeindruckend. Ich bekam meinen Schnatz auch nicht eher aus dem Museum, bis es schloss.

Am nächsten Tag schauten wir uns dann Stockholm etwas näher an. Wir gingen morgens früh aus dem Hotel und kamen abends spät zurück. Es waren nur drei Tage, aber dieser Urlaub war, wenn auch nicht von Luxus begleitet, der schönste gemeinsame Urlaub den wir je hatten.

Ich muss gähnen. Habe ich geschlafen? Bin ich aufgewacht? Oder ist es mir vor lauter Erinnerungen nicht aufgefallen, dass ich die ganze Zeit wach war?

5.05 Uhr

Ich kann es nicht glauben, so viele Erinnerungen und Träume in so kurzer Zeit. Ich weiß nicht der wievielte Versuch es ist, aber ich versuche nochmals zu schlafen.

Meine Gedanken und meine Träume sind so real! Als könne ich sie anfassen und als wäre ich dabei! Als würde ich alles noch mal erleben. Ich höre die Stimmen, ich rieche den Kaffee und ich erlebe die Gefühle, die Küsse, die Berührungen, die Emotionen. Ich erlebe alles, als wäre wirklich dabei!

Ich bin gerade in meine erste eigene Wohnung eingezogen. Nicht nur die erste eigene nach meiner Ehe mit Rolf, sondern meine richtig erste, ganz eigene Wohnung.
Es ist der 1. Oktober! Hermann hilft mir selbstverständlich beim Umzug. Er schließt mir die Lampen an, den Aufbau der Küche machen wir zusammen. Er trägt mit mir Kisten. Viel habe ich nicht. Ich bin mit dem Nötigsten aus der alten Wohnung ausgezogen. Rolf war schon vorher ausgezogen. Die alte Wohnung stand also leer. Gekündigt hatte sie bis jetzt noch keiner von uns beiden. Ich schreibe also

die Kündigung für die alte Wohnung, bekomme aber als Antwort zurück, dass ich nicht kündigen könne, da Rolf als Alleinmieter im Vertrag steht. Aber die Miete wird trotzdem von mir verlangt. Da ich nicht kündigen kann, bleibt mir nichts anderes übrig, als auf die Kündigung des Vermieters zu warten. Diese kommt nie bei mir an. Mittlerweile habe ich die Scheidung eingereicht. Rolf will sich aber nicht scheiden lassen. Die kurze Beziehung mit seiner Freundin war gescheitert und jetzt will er zu mir zurück. Er versucht vieles. Nachts schleicht er bei mir durch den Garten und schaut durch die Terrassentür hinein. Dann ruft er bei mir an und schreit mich an, weil Hermann bei mir übernachtet. Er beobachtet mich ständig. Irgendwann steht er vor mir und sagt mir, dass er eine neue Freundin hat und mit ihr in den Osten geht. Ich bin erleichtert, aber er wartete darauf, dass ich ihn abhalte. Er sagt zu mir: "Sag was, sag dass ich bleiben soll." aber ich sage nur "Geh!"

Die Scheidung läuft. Rolf ist aber nicht aufzufinden, so können wir nicht geschieden werden. Die Scheidung läuft weiter. Wir haben einen gemeinsamen Freund, er heißt Buddy. Buddy hat unsere Ehe von Anfang an mitbekommen. Er selbst war auch geschieden. Als ich Rolf erreichen will, sagt mir seine Freundin, er sei verschwunden. Er sei mit einer anderen Frau weggegangen. Buddy weiß davon. Er erzählt mir, dass Rolf bei ihm war und nach Frankreich gegangen ist. Wegen der vielen Papiere die ich für die Scheidung brauche, versuche ich ihn ausfindig zu machen und finde ihn über die deutsche Botschaft ein Jahr später in Spanien, wo er auf Mallorca Fuß als Animateur gefasst hat.

Buddy hat Urlaub. Er sitzt bei mir, trinkt Kaffee und weiß nicht was er machen soll. Er will ja wegfahren, weiß aber nicht wohin. Also lege ich ihm einen Zettel auf den Tisch: "Fahre doch da hin!" sage ich. Er schaut auf den Zettel und sagt: "Wo hast du die Adresse her, ist das wirklich die Adresse von Rolf?" "Ja!" antworte ich ihm. "Ich habe ihn über die Botschaft gefunden. Er freut sich bestimmt dich zu sehen." Buddy freut sich auch. Er fährt zu Rolf und kommt nach seinem Urlaub mit Rolf im Schlepptau zurück. Rolf bleibt in Deutschland. Er versucht, sich hier eine neue Existenz aufzubauen. Schließlich schafft er es und verliebt sich in Buddy´s Ex-Frau Hanna. Irgendwie ergibt es sich nach viel Streit und Ärger, dass Rolf und ich Freunde werden. Wir haben unsere schlechten gemeinsamen Erlebnisse und Erfahrungen besprochen, hinter uns gelassen und somit Platz für eine Freundschaft geschaffen. Nun können wir uns einvernehmlich und in Freundschaft scheiden lassen. Ein paar Jahre später erfahren wir, dass Buddy Krebs hat. Im Oktober hat er es erfahren und am 5. Februar, eine Woche vor seinem 45. Geburtstag stirbt er.

Ich sehe die grüne Urne bei der Trauerfeier auf einem kleinen Podest stehen und kann nicht glauben, dass Buddy da drin ist. Er war groß, kräftig und hatte eine so mächtige Figur, dass er mich mit einer Hand über seinen Kopf halten konnte und jetzt ist er in einem solch kleinen Gefäß.

Buddy´s Beerdigung findet in der Zeit statt, als Hermann und ich kurzzeitig getrennt sind. Er nimmt mich trotzdem in den Arm und wir weinen zusammen, denn Hermann und Buddy hatten sich auch im Laufe der Jahre angefreundet. Buddy ist unser erster gemeinsamer Freund, der stirbt. Er wäre doch eigentlich noch gar nicht dran gewesen. Kommen nicht erst die Großeltern, Tanten, Onkels und Eltern? Er gehörte noch nicht in diese Generation und jetzt ist er weg. Einfach so nicht mehr da!

Dieses Gefühl kann man schlecht in Worte fassen, aber man versteht, dass der Tod sehr schnell und unerwartet kommen kann. Alle sind gekommen. Buddy´s Kinder, Hanna, Synthia, Silke, Rolf, Hermann, Arbeitskollegen, Familie..., alle die ihn kannten sind da. Die Arbeitskollegen sind teilweise in Ihrer Schornsteinfegeruniform gekommen, denn Buddý war Schornsteinfeger. Ein Glücksbringer, der seine Gefühle so herzlich zum Ausdruck bringen konnte wie es selten ein Mensch kann.

Der Tod ist an diesem Tag allen sehr nah.

Ich mache nur ein Auge auf um auf den Wecker zu schauen.

5.09Uhr

zeigt die Digitalanzeige an.

Herr Munsert vom Sozialamt war ein verbitterter Mensch, der jeden anderen von oben herab ansah. Er sagte zu mir, ich solle doch bei meiner Freundin wohnen bleiben, die würde ja schließlich arbeiten und könne mich doch unterstützen. Ich erklärte ihm die finanziellen Verhältnisse meiner Freundin und die beengten Umstände in dem kleinen Häuschen und dass Synthia selbst eine Tochter habe, die sie groß zu ziehen hatte. Aber es interessierte ihn nicht.

Also versuchte ich Arbeit zu finden, dass ich mir ohne Sozialhilfe eine Wohnung leisten konnte, aber ich bekam immer wieder gesagt: "Keine Wohnung, keine Arbeit." Bei der Wohnungssuche bekam ich dann "Keine Arbeit keine Wohnung." zu hören. Bis Anna-Rosa in mein Leben trat.

Anna-Rosa war meine, damals angehende Vermieterin und hat sich auf dem Sozialamt so für mich eingesetzt, dass ich meine erste, eigene Wohnung, bekam. Das Geld vom Sozialamt brauchte ich übergangswelse, dass ich die Wohnung bezahlen konnte und Anfangs auch finanzielle Unterstützung hatte, bis ich mit meinen zwei Kleinen auf eigenen Füßen stehen konnte. Das alles hat sie für mich erreicht!

Rolf konnte und wollte den Unterhalt für die Kinder nicht zahlen und sie half mir wieder, so dass ich vom Jugendamt einen Unterhaltsvorschuss bekam. Ich weiß nicht, ob ich das alles ohne sie geschafft hätte. Sie hat mich gestärkt und vor allem hat sich mich beeindruckt. Ich habe vieles von ihr gelernt.

Es entwickelte sich zwischen ihr, ihrem Mann, ihren Eltern, ihrer Schwester und mir eine familiäre Freundschaft. Als Rolf weggegangen war, erfuhr ich, dass Anna-Rosa schwanger war. Sie hatte sehr lange darauf gewartet. Die Schwangerschaft verlief auch ohne Probleme und ich hob ihr die Sachen meiner Kinder auf. Als die Wehen losgingen, bekam ich Bescheid gesagt und war so stolz, dass ich mit in dieses Erlebnis einbezogen wurde. Es gab mir das Gefühl, dazu zu gehören. Sie bekam einen Jungen. Er sieht aus wie ein Baby aus einer Werbung. Luca Alexander heißt er. Meine Kinder und er wuchsen zwei Jahre miteinander auf und bleiben für immer Freunde. Hier und auch noch heute ist es, als wären sie eine Familie. Luca,

Robin und Lucas, erleben alle großen Anlässe, Geburtstage und Feiern zusammen und stehen auch die schwierigen Situationen zusammen durch. Ich fühlte mich immer wie ein Teil dieser Familie und dieses Verhältnis zwischen uns hielt ein Leben lang, selbst über den Tod hinaus. Denn als Anna-Rosas Eltern sterben, ist es, als stirbt jemand aus meiner Familie. Die Trauer ist bei allen sehr groß!

Ebenfalls steht sie neben mir, als meine Eltern sterben und beerdigt werden. Es tut so weh, jedes Mal einen Menschen gehen zu lassen, den man liebt und der einem so nahe steht.

Auch als Hermanns Eltern sterben und ich so verzweifelt über seine große Trauer bin, steht Anna-Rosa wie eine große Schwester neben mir, um gegen diese Ohnmacht anzukämpfen die ich fühle, weil ich meinem Schnatz nicht helfen kann. Sie ist da!

Silke steht auch bei mir. Sie stützt mich von hinten. Sie hält Hermann und mich fest, aber Hermann spürt es nicht. Er starrt ins Leere.

Er hat zum ersten Mal in seinem Leben etwas verloren, was er wirklich braucht.

Seine Mutter. Sie war eine zierliche, immer fröhliche Frau. Zu jedem nett und höflich. Alle Menschen waren für sie gleich. Ihr Glaube an Gott und ihr Frömmigkeit waren unerschütterlich. Es machte sie vielleicht manchmal etwas blind für andere Dinge im Leben, aber vielleicht sah sie dadurch wirklich mehr Gutes. Sie sah in allem etwas Gutes und in allem einen Sinn. Sie wählte sogar die CDU, weil sie tatsächlich dachte, die christlich-demokratische Union bestünde nur aus Christen.

Hermanns Mutter war in seinen Augen immer die perfekte Mutter und Hausfrau gewesen. Nie hätte er schlecht über sie gedacht oder gar über sie geredet. Er vermisste sie ab dem Moment, als sie nach ihrem Mittagsschlaf einfach nicht mehr aufgewacht war. Hermann ist ein sehr rational denkender Mensch. Zwar schwer und langsam, kommt er aus seiner Trauer doch wieder heraus. Er verkriecht sich nicht, sondern meint, dass das Leben weiter geht und so lebt er dann auch.

Ich würde mich gerne auf die andere Seite legen, aber ich möchte nicht weg von meinem Schnatz. Sein Herz schlägt so ruhig und gleichmäßig.

5.14 Uhr

Ich bin so müde, aber ich kann nicht schlafen.

Bei Anna-Rosa im Haus gab es drei Wohnungen. Oben wohnte eine sehr eigene, aber auch nette Frau, im Erdgeschoss wohnten Anna-Rosa, Axel und Luca und im Souterrain wohnte ich. Anna-Rosa´s Eltern hatten meine Jungs und mich sofort in die Familie aufgenommen und wann immer sie Anna-Rosa besuchten, kamen sie auch zu mir um sich zu erkundigen, wie es uns ging. Sie gingen mit Robin und Lucas spazieren und die beiden schliefen auch manchmal bei Oma Christa und Opa Pietro, wie sie die beiden mittlerweile nannten. Ich wohnte also in einem Haus, in dem man gleich eine Familie mitbekommt, wenn man einzieht! Hier musste man sich einfach wohl fühlen.

Deshalb erschrak ich auch, als die Frau im ersten Stock auszog und Anna-Rosa´s Mann, Axel, Eigenbedarf für meine Wohnung ankündigte. Aber im gleichen Gespräch bekam ich die Wohnung im 1. Stock angeboten und konnte bleiben. Als der Umzug ins Obergeschoss kam, gab es natürlich wieder Probleme mit dem Sozialamt. Der Sachbearbeiter mochte mich nicht. Vielleicht mochte er niemanden. Er erklärte mir, dass die Wohnung 4,5 qm zu groß für mich und meine Kinder war. Ich musste untervermieten oder mir eine andere Wohnung suchen. Anna-Rosa ging wieder mit mir zu Herrn Munsert, diesem unzufriedenen und unhöflichen Sachbearbeiter, der mir schon bei der ersten Wohnung Steine in den Weg gelegt hatte.

Ich weiß noch, dass ich mir dachte, dass dieser Mensch keine gute Erziehung genossen habe. Sonst würde er nicht so achtlos mit Menschen umgehen. Anna-Rosa, die diesen zynischen Menschen vom Sozialamt schon kannte, ging mit mir abermals zu ihm. " Wenn Sie meinen, mein lieber Herr Munsert, dass eine andere, kleinere Wohnung günstiger sei, dann bieten Sie doch Frau Degen bitte eine Wohnung an." Herr Munsert freute sich nicht, Anna-Rosa und mich wieder zusammen vor sich stehen zu haben. "Liebe Frau....ich habe Ihren Namen vergessen." "Ist nicht schlimm!" fiel Anna-Rosa ihm ins Wort. "Ich halte mich nur an die Vorschriften. Ich kann Frau Degen zwar nicht auf die Straße setzen, aber ich muss sie auffordern, sich eine andere Wohnung zu suchen oder unterzuvermieten, was ihr dann aber von dem Mietzuschuss abgezogen wird. Wir müssen auch kontrollieren, wieviel Quadratmeter sie gemietet hat, dass wir korrekt abrechnen können." "Wenn das alles ist..." sagte Anna-Rosa, "können wir ja jetzt gehen. Wir melden uns." Ich stand schweigend neben ihr. Ich hatte damals noch zu viel Angst und Scham, um mich zu wehren. Denn ich war ja auf Sozialhilfe angewiesen und musste daher höflich bleiben um sie zu bekommen. Aber Anna-Rosa hatte alles im Überblick. Ich suchte einen Untermieter und fand auch am selben Tag noch jemanden. Hermann!

Beim Auszug halfen wir der Frau aus dem 1. Stock, bekamen dafür ein Schlafzimmer geschenkt. Der alte Schrank im spanischen Stil war einfach traumhaft. Die kleinen Nachttische, die zu dem Schrank gehörten, bekamen wir auch dazu. Sie stehen heute noch neben unserem Bett und der große Schrank steht im Wohnzimmer. Ein großer schwerer Schrank. Hermann hatte den Schrank damals umgebaut. Eigentlich war es ein Kleiderschrank. Er machte daraus einen Wohnzimmerschrank, in den wir Bücher und unseren Fernseher hinein stellen konnten. In den Seitentüren bewahrten wir unsere Ordner mit den wichtigen Papieren auf. Auch unser gemeinsames Testament. Man sollte immer ein Testament haben, wenn man ein Haus und andere Anlagen hat. Egal wie jung oder alt man ist. Das Bett, das auch zu dem Schlafzimmer gehörte, schenkten wir Anna-Rosa. Wir hatten ein Bett. Das hatte Hermann mir gebaut. Ein großes, mahagonifarbenes, massives, aber schlichtes Bett. Er hatte sich für seine Studentenwohnung ein solches gebaut, dass er die alte Schlafcouch endlich wegschmeißen konnte. Heute schlafen wir in beiden Betten. In seinem und in meinem!

Wir haben unsere Betten übereinander gebaut, dass uns das Aufstehen nicht so schwer fällt. Man wird halt nicht jünger. Die Betten waren nur so tief wie ein Futonbett. Übereinander hatten sie jetzt die Höhe eines normalen Bettes. Es ist schön zu wissen, dass man in einem Bett schläft, dass aus und mit viel Liebe gebaut wurde und man es immer noch mit dem Menschen teilen darf, der es für einen gebaut hat. Wir haben uns auch nie ein anderes Bett anschaffen wollen, denn wir waren beide der Meinung, dass uns das Bett von Anfang an verband. Immerhin war unsere Beziehung, wie auch das Bett harte Arbeit.

Ja, an einer Beziehung muss man immer arbeiten. Wenn man das nicht tut, wird sie zerbrechen. Gegenseitiges Verständnis, Vertrauen und Akzeptanz sind sehr wichtig. Man muss auch lernen, mit den kleinen Macken, die der andere hat, umzugehen. Auch sich streiten gehört dazu, denn jede gute Beziehung braucht auch ein Gewitter, dass die Luft reinigt. Aber das Wichtigste ist, dass man verzeihen kann und das ist das Schwierigste, was man lernen muss.
Wir haben es gelernt!
Und wir haben gelernt uns zu schätzen!
Und wir haben gelernt zu wissen, wie wichtig wir für einander sind!

5.19Uhr

Ich muss mich wohl damit abfinden, dass die Zeit heute sehr langsam läuft. Aber es ist auch irgendwie schön, dass es so ist. So kann ich mich erinnern. Erinnern an uns, an unser Leben. An unsere Liebe.

Außerdem genieße ich es, bei meinem Schnatz im Arm zu liegen. Ich höre seinen Herzschlag. Immer und immer wieder höre ich sein Herz schlagen und drehe den Kopf zu ihm hoch, dass ich ihn sehen kann. "Spatzje, ich kann so nicht schlafen!" murmelt er und lächelt in sich hinein. Meine Augen haben sich schon an das fahle Licht gewöhnt. Ich sehe wie sich der Brustkorb meines Mannes beim Atmen hebt und senkt. Und schaue über ihn hinweg an die Wand. Dort sind Schatten. Große Schatten, die aussehen wie ein Haus, das neben einem großen Busch steht. Ich weiß noch, als wir uns das Haus in Zotzenheim kauften....

Es war sehr ein kleines Haus. Es hatte nur zwei Zimmer, eine winzige Küche und ein noch winzigeres Bad. Ein ehemaliger Kuhstall, aber circa 100 Jahre bevor wir es kauften, lief die letzte Kuh aus dem Stall hinaus. Nach und nach wurde immer ein kleines Stück angebaut, so dass es im Laufe der Jahre auf 54 qm Wohnfläche kam. Neben unserem Haus floss ein Bach entlang und außer vielen kleinen Büschen und Bäumen am Bach, stand ein großer Holunderstrauch am Weg. Direkt vor unserer Haustür. Hinten im Haus war noch eine Tür, die in einen kleinen Hof, in dem ein Anbau stand, führte. Im Anbau hatten wir die Heiztherme, die ständig kaputt ging, unsere Waschmaschine, die uns darauf aufmerksam machte, dass das Dach vom Anbau kaputt war, weil sie nass geregnet wurde und ein paar Sachen, die wir im Haus nicht unterbringen konnten. Der kleine Hof war durch Lebensbäume von einem großen Garten abgetrennt. So konnte man ungestört und unbeobachtet draußen sitzen, grillen oder einfach nur einen Wein am Abend trinken. Neben den Bäumen war ein kleiner Weg, durch den man in den Garten konnte. Vom Garten aus sah man dann nur Felder, Weinberge, einen Hügel mit einem kleinen Wald und den Sonnenauf-, wie -untergang, da der Garten nach Osten wie auch Westen einen freien Ausblick hatte. Die Sommerabende im Garten waren schön. Im August sahen wir den Leoniden zu, die als Sternschnuppen am Himmel entlang flogen. Wir saßen in unseren Liegestühlen und genossen die sanfte Brise, die über den kleinen Berg zu uns ins Tal wehte. Eigentlich war der Berg mehr ein Hügel und man nannte ihn wegen seiner halbrunden Form "Hörnchen". Im dortigen Dialekt hieß es aber "Herrnsche". Der Dialekt in der Gegend war sowieso etwas seltsam und ich konnte mich nie daran gewöhnen. Neu Zugezogene hätten eigentlich ein Wörterbuch gebraucht um sich dort zu recht zu finden, aber es gab auch Leute im Ort, die verständlich sprechen konnten. Seltsam, dass ein Dialekt wie eine fremde Sprache klingen kann.

Im Winter saßen wir ebenfalls manchmal in unseren Liegestühlen im Garten und hielten nach Sternschnuppen Ausschau. In dicken Jacken, mit Schlafsäcken zugedeckt und einem Glühwein oder Tee in der Hand. Wir genossen zu dieser Zeit auch unsere Zweisamkeit, auch wenn das nicht immer so war.

Mein Schnatz und ich hatten große Träume mit dem Haus. Wir wollten hier glücklich und alt werden. Das Haus aufstocken und renovieren. Wir wollten uns ein kleines Schloss schaffen, in dem die Kinder und wir residieren konnten.

Als wir mit der Renovierung begannen, merkten wir dass wir das Haus völlig entkernen mussten. Das Dämmmaterial war voller toter Nagetiere und Ungeziefer, die Balken voller Holzböcke und die Mäuse liefen an den Wänden rauf und runter. Wir waren verzweifelt, denn die Kosten, die wir mit dem Haus hatten, überstiegen unser Budget bei weitem. Und dann wurde ich auch noch schwanger. Aber wir stützten uns immer wieder gegenseitig. Hatte einer von uns die Motivation verloren und war verzweifelt, fing ihn der andere auf, so ging es doch Stück für Stück immer weiter. Viel Blut und Schweiß steckte in diesem Haus.

Gleich am Anfang der Arbeiten am Haus, schnitt sich mein Schnatz das Schienbein auf, als er im Bad die Wandfliesen abschlug und musste genäht werden. Irgendwann bohrte er sich mit der Bohrmaschine in den Finger und schlug sich mit dem Hammer so fest auf den Daumen, dass er fast ohnmächtig geworden wäre. Er hatte noch viele andere Unfälle, aber er ließ sich nicht unterkriegen. Er baute und baute. Es war wie mit dem Bett, das er mir baute. Er steckte seine ganze Liebe in dieses Haus.

Sein Vater war derjenige, der am meisten mit half. Er trug Steine und Balken hin und her und tat sich dabei bestimmt oft weh. Aber er beklagte sich nie, er wollte genauso wie Hermann, dass dieses Haus so schnell wie möglich fertig wurde. Auch bezahlte er das ein oder andere, was im Haus benötigt wurde. Seine Mutter half mir im Haushalt. Sie übernahm Bügelwäsche, wischte den Boden wenn es nötig war, putzte die Fenster, unterstützte mich in allem was mir während der Schwangerschaft schwer fiel und sie hielt mit mir die Baustelle soweit in Ordnung, dass den Männern nichts im Weg lag, wenn sie am Arbeiten waren. Sie packte aber auch beim Renovieren und Bauen mit an. Sie stand an der Betonmischmaschine und mischte Beton, während Hermann, sein Vater und sein Schwager mauerten. Da wir uns keine Handwerker leisten konnten, wurde alles mit Hilfe von Freunden und Bekannten, ohne die wir es nie geschafft hätten, bewältigt. Über zwei Jahre wohnten wir in einem kleinen Zimmer im Erdgeschoss, welches wir uns provisorisch hergerichtet hatten. Anfangs nur mit vier Personen und als Simon dann auf die Welt kam zu fünft. Platztechnisch war es sehr eng, aber das wiederum hatte zur Folge, dass wir noch motivierter waren, das Haus endlich fertig zu bekommen.

Besonders Hermann war nicht zu halten. Er schuftete und schuftete und vergaß dabei manchmal, dass ich ihn auch brauchte. Wenn er von der Arbeit nach Hause kam, machte er sich sofort dort ans Werk und baute und renovierte oft bis spät in die Nacht hinein. Ich glaube, er verdrängte mein Dasein als Mutter, so wie er auch die Schwangerschaft verdrängt hatte. Als ich schwanger war, wollte er nie in meiner Nähe sein, solange ich noch wach war. Er legte auch seine Hand nie auf meinen Bauch um das Kind zu spüren wenn es trat. Er wollte kein Kind. Wir wollten nie Kinder. Aber als ich schwanger wurde, konnte ich mich auch nicht zu einem Abbruch durchringen. Ich erinnere mich gut, dass meine Schwiegermutter damals zu mir sagte: „Lieber eins mehr auf dem Kissen, als eins auf dem Gewissen!" als ich ihr erzählte, dass ich schwanger bin.

Es war kurz vor Weihnachten und ich hatte mich für das Kind entschieden, ließ aber Hermann die Wahl zu gehen und keine Verpflichtungen zu haben oder zu bleiben und Papa zu werden. Am 27. Dezember entschied er, sich mit mir zusammen auf das Baby zu freuen. Ich hätte das Kind, von dem Mann den ich so liebte, nicht vermissen wollen.

Hermann blieb bei mir, aber ich war alleine schwanger. Das einzige was er nach seiner Entscheidung sich mit mir zu freuen sagte war: "Hoffentlich wird es wenigstens ein Mädchen." Ich nahm meine Arztbesuche alle wahr und als ich dann bei einem Ultraschall erfuhr, dass wir einen Jungen bekommen würden, war ich selbst auch erst enttäuscht. Nach zwei Jungs, wäre ein kleines Mädchen schon schön gewesen. Doch an diesem Tag hatte ich ein Schlüsselerlebnis, welches mir die Freude, dass ich einen Jungen bekam und kein Mädchen, ins Herz springen ließ.

Ich sah, als ich einkaufen ging ein Mädchen. Hübsch angezogen, lange blonde Haare zu zwei Zöpfen gebunden und ein zierliches Wesen. Ich lächelte, weil ich dachte, so hätte ich es mit meiner Tochter auch gemacht. Aber als ich an der Kasse stand, stand das Mädchen mit seiner Mutter vor mir. Die Kleine hatte etwas haben wollen, bekam es aber nicht und fing an zu schreien. Sie schrie so laut, dass sich die Leute umdrehten und nach dem Kind schauten. Sie schrie: "Ich will das aber haben, kauf mir dass sofort, kauf es mir!" dabei schlug sie wild um sich. Die Mutter meinte, sie solle aufhören, aber das Mädchen schrie immer weiter und warf sich auf den Boden und strampelte mit den Beinen, so dass sie mit den Füßen aufschlug. Als ihre Mutter sie aufforderte aufzustehen und sich zu ihr hinunter beugte, schrie sie ganz laut: "Hilfe, nicht schlagen, meine Mama schlägt mich." Die Mutter schlug ihr Kind nicht, dass konnte jeder sehen, aber sie war so verzweifelt, dass sie dem Wunsch ihrer Tochter nachgab und ihr doch das kaufte, was sie wollte. Ich war entsetzt und ich war auch froh, dass ich einen Sohn bekommen würde.

Mit Robin und Lucas ich hatte solche Erfahrungen nie gemacht. Zuhause angekommen rief ich dann meinen Schnatz an. Ich sagte zu ihm: "Du, wir müssen uns doch einen Jungennamen aussuchen." Seine Reaktion war kalt und taktlos. Dazu muss man wissen, dass ich Tiere liebe und auch ständig mit einem Findelkind oder einem Tier, welches keiner wollte nach Hause kam. Rolf sagte: "Wir bekommen doch einen Jungen? Hättest du dir nicht einen Hamster kaufen können, dass wäre mir lieber gewesen." Ich war traurig und fühlte mich noch einsamer schwanger als ich es vorher schon tat.

Die Woche vor der Geburt war noch einmal sehr stressig. Besonders stressig war es, da ich seit der Mondfinsternis am 11. August, jede Nacht Wehen hatte und nicht richtig schlafen konnte. Aber da war noch der Polterabend von Hermanns Cousin. Zu diesem mussten wir, weil Familienfeiern für Hermann sehr wichtig waren. Am Wochenende spielte mein Schnatz mit seiner Band auf einer Veranstaltung. Auch hier musste ich mit, da mein Schnatz Angst hatte, ich könnte meine Wehen bekommen und er sei nicht zu Hause und Dienstags wurde Robin eingeschult. Als ich Mittwochs mit meiner Mutter einkaufen war, prophezeite ich ihr, dass wir entweder im Mittwochslotto gewinnen würden oder aber ich mein Kind bekäme. Sie sagte: „Beides ist gut! Am besten wir gewinnen und Du bekommst Dein Baby."

Hermann hatte immer Angst, dass ich nachts unser Kind bekäme. Ganz so war es nicht. Donnerstag Abend legte ich mich ins Bett und hatte schon alle elf Minuten Wehen. Da ich schon zwei Kinder geboren hatte, konnte ich gut abschätzen, wann wir losfahren mussten. Gegen 3 Uhr stand ich auf, kochte Kaffee und setzte mich ins Wohnzimmer. Meine Mutter schlief schon seit ein paar Tagen bei uns, dass jemand für Robin und Lucas da wäre, wenn wir ins Krankenhaus mussten. Ich wollte eigentlich eine Hausgeburt, da die ersten beiden Geburten komplikationslos und schnell verliefen. Aber da wir am Bauen waren, ging das nicht. Hermann sagte: "Das hier ist die reinste Baustelle, der Kleine soll doch nicht auf einer Baustelle zur Welt kommen." Außerdem schliefen wir ja mit Robin und Lucas in einem Zimmer. Wie hätte das gehen sollen? Also entschloss ich mich zu einer ambulanten Geburt. Da meine Mutter und ich, trotz meiner Wehen, noch lachten und unsere Späße machten, verkannte Hermann den Ernst der Lage und duschte noch ausgiebig. Dann föhnte er sich ungefähr zehn Minuten die Haare. Ich fragte meine Mutter im Spaß, ob Hermann sich mit einer Hand die Haare föhnen und sie mit der anderen Hand wieder nass machen würde, da es so lange dauerte. Wir lachten wieder, was zur Folge hatte, dass Hermann in aller Ruhe noch einen Kaffee trank. Dann kam endlich die für mich erlösende Frage: "Können wir jetzt los?" Klar konnten wir los, ich hatte ja nur auf ihn gewartet. Es war auch dringend nötig, dass wir endlich los kamen. Ich gab ihm zu verstehen, dass wir uns jetzt beeilen mussten, da ich schon alle zwei Minuten Wehen hätte und wir noch 40 Kilometer nach Mainz in die Klinik fahren müssten. Er wollte über die Landstraße fahren, weil es weniger Kilometer waren, ich bestand aber auf die Autobahn, weil diese weniger Schlaglöcher hatte.

Als wir los fuhren, sagte ich noch zu meiner Mutter: "Koche schon mal Kaffee, wir sind gleich wieder zurück."

In der Klinik angekommen suchten wir erst einmal die Entbindungsstation. Ich wusste ja wo sie war, aber Hermann wollte ganz sicher sein. Er ging zum Pförtner und fragte: „Entschuldigung, wo geht es denn hier zum Kreissaal? Meine Frau und ich wollen nämlich ein Kind bekommen." Bei diesem Satz überkam mich ein sicheres Gefühl, denn nun wusste ich, dass er mich nicht alleine lassen würde.

Im Kreissaal machten wir während der Untersuchungen noch unsere Späße mit der Hebamme und Hermanns Ängste vor der Geburt verschwanden, bis zu dem Zeitpunkt an dem es dann ernst wurde. Nun bekam er doch wieder etwas Angst und durchlebte die Wehen intensiver als ich. Sein Streicheln auf meiner Wange artete, während ich versuchte meine Wehen durch Atemübungen etwas zu lindern, in ein festes reiben, ja fast wegschrubben meiner Wange aus. Ließ die Wehe nach, wurde auch Hermann wieder etwas entspannter und sanfter. Es dauerte nicht lange und unser kleiner Simon-Benedikt erblickte das Licht dieser Welt. Gerade noch rechtzeitig, dass Hermann Zuhause anrufen konnte, um Robin und Lucas zu erzählen, dass sie jetzt einen kleinen Bruder hätten, bevor sie in die Schule mussten.

Nun waren wir zu fünft in dem kleinen Zimmer, eine Glasvitrine war unser Kleiderschrank, Robin und Lucas schliefen in einem Stockbett und der kleine Simon schlief bei uns im Bett.

Das Bett, das mir mein Schnatz mit soviel Liebe gebaut hatte!

Gegessen wurde bis in den Herbst hinein im Garten unter einem Pavillon im Hof, da im Haus Sprießen die neuen Balken abstützten. Die Sprießen standen so dicht, dass ein Tisch keinen Platz hatte. Als die Tage kühler wurden, befestigten wir die Seitenwände und stellten ein kleines

Fußöfchen in den Pavillon, dass es ein bisschen warm wurde. Im Winter waren wir dann soweit, dass die Balken sicher eingebaut waren und wir die Sprießen herausnehmen konnten. Jetzt konnten wir den Tisch aus dem Garten in das zukünftige Wohnzimmer stellen, die Gartenstühle dazu und fertig war unsere Essecke. Später legte ich dann einen provisorischen Boden in das Zimmer und langsam bekam das Haus einen wohnlichen Charakter. Irgendwann kauften wir dann noch einen Esstisch mit Stühlen und tauschten diesen gegen die Gartenmöbel aus. Nun hatten wir ein unfertiges, aber zweites Zimmer. Mit viel Phantasie war es sogar richtig gemütlich.

Nachdem mein Mann mit Herzblut aufgestockt und den ersten Stock ausgebaut hatte, bekamen Robin und Lucas jeder ein eigenes Zimmer. Simon´s Zimmer diente gleichzeitig als Elternschlafzimmer für uns. Er war noch so klein und schlief jede Nacht bei uns, so war dies die optimale Lösung. Wir verwöhnten Simon sehr, er war ganz bewusst mein letztes Kind und das einzige für Hermann. Ich stillte ihn fast zwei Jahre lang.

Während Hermann sich um die Arbeiten am Haus kümmerte, kümmerte ich mich um die Kinder und die Leute, die zum helfen kamen. Ich kochte und versorgte sie mit Getränken und ich versuchte zu helfen wann und wo ich es konnte. Meine Mutter hat damals sehr oft die beiden Großen zu sich genommen, so dass wir ungehindert am Haus arbeiten konnten.

Irgendwann bekamen Hermann und ich einen großen Streit. Wir hatten keine Zeit mehr für uns. Alles drehte sich nur noch um das Haus und um die Arbeit. In unserer Freizeit ging jeder seinem Hobby nach. Hermann seiner Musik und ich meiner Reiterei. Er probte 40 Kilometer von Zuhause entfernt. Wir entfernten uns soweit von einander, bis er schließlich ein Mädchen kennenlernte, das ebenfalls Musik machte. Er verliebte sich in sie und traf sich heimlich mit ihr. Ich lernte einen Mann kennen, der mein Interesse für Pferde teilte und ich verliebte mich in ihn. Wir dachten zumindest, wir hätten uns verliebt und trennten uns. Die Trennung war für uns beide sehr schlimm gewesen. Wir überlegen heute noch, wer sich damals eigentlich von wem getrennt hatte.

Schnell merkten wir, dass wir gar nicht neu verliebt waren, sondern dass wir einfach nur jemanden gesucht hatten, der zuhörte, die Interessen des anderen wahrnahm und daran teil hatte. Eben all das, was wir hatten schleifen lassen. Wir hätten das auch gekonnt, wenn wir uns nur zugehört hätten.

Wir fehlten uns sehr und waren uns doch so nah wie nie zuvor. Wir verstanden erst in dieser Zeit, was wir aneinander hatten. Nach fast einem halben Jahr, das wir getrennt waren, fanden wir wieder zusammen. Wir haben beide Fehler gemacht und uns verletzt. Aber ich hatte in dieser Zeit die Verantwortung für die Kinder und das Haus. Ich machte solche Fehler, dass wir aus dem Haus in Zotzenheim ausziehen mussten und zu meiner Mutter zogen. Wir hätten in Zotzenheim bleiben können, aber die Bedingungen waren sehr schlecht. Ich hatte untervermietet, da ich dass Haus sonst nicht hätte halten können, und diese Mieter hätten dann mit uns im Haus gelebt. Ich wollte auch weg aus Zotzenheim.

Nach Hause!

Ich hatte nie richtig das Gefühl aufbauen können, in Zotzenheim Zuhause zu sein.

Und meine Mutter brauchte uns auch. Die Entfernung war einfach zu groß, als dass ich sie hätte zwei mal in der Woche besuchen können. Nach dem Tod ihres Mannes, hatte sie sich nicht wieder fangen können. Hermann hatte dafür kein Verständnis, da er ja die Einstellung besaß, dass das Leben immer weiter ginge und man sich doch nicht so in etwas hineinsteigern könne. Aber er zog ohne sich zu beklagen mit zu ihr. Dort fühlte er sich nicht Zuhause, aber er ließ es sich nicht anmerken. Ich wusste es aber!

Und er tat es trotzdem. Für mich!

Das Haus in Zotzenheim hatten wir behalten und Hermann wollte es auch nie verkaufen. Da das Haus offiziell mir gehörte und ich dieses Haus, das uns nur Ärger gemacht hatte, nicht mehr in unserem Leben haben wollte, verkaufte ich es und brach damit meinem Mann das Herz. Er war so enttäuscht, so zornig so traurig. Und noch enttäuschter war er, als ich von dem übrigen Geld eine kleine Eigentumswohnung in dem Ort kaufte in dem wir jetzt wohnten. Ich wollte damit nur Sicherheit für das Alter schaffen, aber ich hatte es ohne ihn entschieden und er verbitterte regelrecht. Ich hatte seinen

Traum gebrochen, zerstört und noch viel schlimmer, ich hatte sein Herz verletzt. Er hing so sehr an dem Haus in das er so viel Herzblut, Liebe und Energie gesteckt hatte. Es gab eine tiefe Narbe, welche ihn heute aber nicht mehr schmerzt, sondern nur noch erinnert.

Weiter kann ich mich an das Haus auf dem Land nicht erinnern und ich muss weinen. Es tut mir so leid, meinem Schnatz damals das Herz so verletzt zu haben. Ich schaue wieder auf den Wecker.

5.28 Uhr

Hermann sagt zu mir:" Spatz, gib mir mal bitte meinen Arm zurück und lass´ mich kurz aufstehen, ich muss auf die Toilette gehen." Ich rolle mich aus seinem Arm und merke, dass ich anfange zu schwitzen, aber gleichzeitig ist mir kalt und ich zittere. Ich weinte immer noch. Als er zurück kommt, küsst er mich auf die Wange und sagt leise "Ist alles in Ordnung? Du weinst ja und bist ganz geschwitzt! Wieder ein Anfall?" Ich antworte ihm: "Es ist alles in Ordnung Schnatz, ich kann nur nicht schlafen. Ich habe mich an früher erinnert und ich denke daran, wie sehr ich dich doch liebe und welches Glück ich habe, bei dir sein zu dürfen." Das war das erste, was ich in dieser Nacht zu ihm gesagt hatte. "Papperlapapp!" sagt er zu mir. Das sagt er immer, wenn ich ihm so etwas sage, aber er meint es nicht böse. Ich glaube, er hatte sich immer einen Spaß daraus gemacht, weil er nicht wusste, was er mir darauf antworten sollte.

Kurz nach unserer Hochzeit wurde Epilepsie bei mir diagnostiziert, wahrscheinlich hatte ich es schon länger, aber es wurde erst fünf Wochen nach der

Hochzeit festgestellt. Daher hatte er nach einem Anfall gefragt.

Ich lege mich wieder bei ihm in den Arm und spüre seine Besorgnis. Er war nie besorgt. Er sagte ja immer: Das Leben geht weiter! Erst als wir älter wurden, war er besorgt um mich! Oder ich hatte da erst seine Sorge um mich bemerkt. Ich war immer um ihn besorgt.

Ich kann die Angst spüren, die ich um ihn hatte. Sieben Wochen vor unserer Hochzeit passierte das für mich Schrecklichste. Etwas, was kein Mensch erleben sollte. Ich musste mit ansehen, wie mein Mann auf dem Boden lag und ich dachte er sei tot.

Mein Herz schlägt laut und meine Angst um ihn ist wieder da, so stark wie damals.

Simon, unser Sohn saß mit Hermann noch am Frühstückstisch während ich schon aufgestanden und in den Garten gegangen war um Erdbeeren zu pflücken. Ich hörte einen langen, aus dem Bauch heraus drückenden, ansteigend lauten Schrei und einen dumpfen Schlag. Da Simon lachte, dachte ich erst, die beiden hätten Spaß gemacht. Aber der Schrei hörte sich seltsam an. Ich hatte einen solchen schon einmal gehört. Mir fiel Frau Wender, eine ehemalige Lehrerin von mir ein. Sie war damals mit uns auf einer Klassenfahrt und bekam beim Mittagessen einen epileptischen Anfall. Sie schrie auch lang, drückend und ansteigend laut. Dann fiel sie mit einem dumpfen Schlag auf den Boden. Was dann passierte weiß ich nicht, wir wurden alle aus dem Speisesaal gebracht.

Ich ließ die Erdbeeren fallen, rannte in die Küche und sah ihn auf den Boden liegen. Simon lachte und sagte: "Papa ist durchgedreht. Er hat ganz komisch geschrien und hat sich dann fallen lassen." Simons Lachen klang wie eine Mischung aus Spiel und Angst. Ich kniete mich runter zu Hermann, er atmete nicht!

Seine Pupillen waren so groß, dass man die Augenfarbe nicht mehr erkennen konnte und er war ganz blau im Gesicht.

In meiner Panik schrie ich Simon an, er solle das Telefon holen. Simon stand da und weinte. "Was ist denn mit Papa? Warum steht er nicht mehr auf?" Ich schrie wieder: "Hol das Telefon, schnell! Jetzt mach doch!" Simon stand wie angewurzelt da und schrie immer nur: "Was ist denn? Was ist denn?" Ich rannte die Treppe hoch und holte selbst das Telefon. Simon schrie und weinte immer noch. Man konnte nun auch die Angst in seiner Stimme erkennen. Meine Mutter kam die Treppe vom Keller nach oben, nahm Simon und versuchte ihn zu beruhigen, während ich den Notarzt anrief. "Bitte schnell, einen Krankenwagen, mein Mann stirbt, bitte schicken sie einen Krankenwagen, schnell, bitte mein Mann stirbt mir weg!"

Ich konnte immer nur das gleiche sagen, unsere Adresse und den panischen Satz: „Bitte, er stirbt, einen Krankenwagen.Schnell!"

Simon ließ sich nicht beruhigen! Man macht merkwürdige Dinge, wenn man Angst hat. In meiner Panik hatte ich Hermann noch die Schuhe ausgezogen und ordentlich hingestellt. Ich wurde immer panischer und versuchte, ihm das Herz zu massieren. Endlich, er fing wieder an zu atmen. Er fing an um sich zu schlagen, reagierte aber auf nichts. Ich setzte mich hinter ihn, griff ihm unter die Arme, verschränkte meine Hände auf seinem Brustkorb und keilte mich mit ihm zwischen den Küchenschränken ein. Ich massierte weiter das Herz und sagte immer wieder zu ihm: "Nein, bitte Schnatz, stirb mir nicht weg. Schnatz, sag was! Nein, bitte stirb jetzt nicht."

Es ist seltsam was man in solchen Momenten denkt. Ich dachte, ich müsse meinen Chef anrufen, kündigen und mich am nächsten Tag bei der Krankenkasse um ein Krankenbett und eine Pflegehilfe kümmern. Ich müsse das Haus umgestalten, dass alles behindertengerecht würde, dass ich meinen Schnatz nur bei mir behalten und ihn pflegen könne. Außerdem hatte ich Angst, dass seine Eltern ihn mir wegnehmen könnten, da wir noch nicht verheiratet waren. Die Einladungen lagen auf dem Wohnzimmertisch, wir wollten sie nach dem Frühstück gemeinsam unterschreiben und postfertig machen, so dass wir sie nur noch hätten abschicken müssen.

Ich schrie verzweifelt und voller Angst nach meiner Mutter: "Mama! Er stirbt! Er stirbt mir weg! Mama! Ich habe Angst! Hilf mir doch! Bitte!"
Meine Mutter stand machtlos vor mir und konnte nur mit ansehen, wie verzweifelt ich war und welche Angst ich hatte. Sie behielt trotzdem die Ruhe. Nach langen sieben Minuten kam endlich der Notarzt. Diese

sieben Minuten kamen mir noch länger vor, als die heutige Nacht in der ich nicht schlafen kann.

Die Notärztin stand in der Küche und blickte nur auf uns herab. Ich schrie sie an, dass sie etwas machen solle. Sie solle nicht da stehen und meinem Mann beim Sterben zusehen, sie solle endlich etwas tun.

Die Pfleger wollten mich von Hermann wegholen, aber ich wollte ihn nicht los lassen. "Lasst mich! Ich muss ihn festhalten, er tut sich doch weh!". Ich konnte nur schreien. Die ganze Zeit konnte ich nur schreien. Ich hatte Todesangst.

Nicht Todesangst um mich. Nein, um meinen Schnatz!

Ich war überzeugt, dass er sterben würde. Die Pfleger holten mich schließlich doch zu zweit von ihm weg und die Notärztin beugte sich über ihn. "Herr Schmied! Hallo, Herr Schmied, können sie mich hören?" die Ärztin sagte es sehr laut, aber von Hermann kam keine Reaktion. "Hören sich mich, Herr Schmied? Können sie mir ihren Namen sagen?" Die erste Reaktion! Ein verwirrter, fragender Blick von ihm. Ich weinte vor Erleichterung und einer der Pfleger versuchte mich zu beruhigen.

Hermann versuchte aufzustehen, hatte aber keine Kontrolle über sich und wusste auch gar nicht was er tat. Die Ärztin wollte ihm helfen, doch er stieß sie mit einem drohenden Grunzen weg. Als er es endlich geschafft hatte aufzustehen, lief er teilnahmslos ins Wohnzimmer, legte sich auf die Couch und wollte schlafen. Alles ohne zu sprechen. Er konnte nicht sprechen. Er wusste weder wer er, noch wer wir waren. Die Ärztin fragte immer noch: "Wissen sie wo sie sind? Können sie mir Ihren Namen sagen?" Ich war so wütend und schrie sie an, ob sie ihn nicht endlich untersuchen wolle. Sie erklärte mir, dass es sich wohl um einen Grand mal, einen epileptischen Anfall gehandelt habe. Ich fragte sie, ob sein Zustand für immer so bleiben würde und ob ich ihn zu Hause pflegen könne. Sie sagte beruhigend zu mir: "Soweit wird es nicht kommen. Nach einem Anfall sind betroffene Personen oft orientierungslos und erkennen niemanden. Auch dass sie nicht sprechen, kommt in einigen Fällen vor, aber das gibt sich. Ein Anfall kostet sehr viel Energie, der Patient ist müde und will dann schlafen, das hat aber nichts mit Ohnmacht zu tun. Sie werden, wie sie es vorhaben heiraten können!" Sie zeigte auf den Wohnzimmertisch auf welchem unsere

Einladungen lagen. Sie fragte Hermann noch einmal: "Können sie mir jetzt Ihren Namen sagen?" Hermann schüttelte den Kopf. Er wusste nicht wer er war, aber er reagierte auf die Frage. Ich drehte seinen Kopf zu mir und sagte: "Schnatz, erkennst Du mich wenigstens?" Er nickte!

Oh Gott, er nickte! Er wusste wer ich bin! Schwer hob er seine Hand und streichelte mir über den Kopf, wie er es so oft tat. Einer der Pfleger fragte mich, ob ich mitfahren wolle. "Mitfahren? Wohin?" Wir müssen Ihren Mann mitnehmen. Er muss zur Überwachung ins Krankenhaus." Ich fuhr mit. Im Krankenhaus wurde er richtig wach. Später sagte er mir, seine erste Erinnerung sei gewesen, dass er mir sagte, dass ihm seine Schulter weh tat und ich nur weinte und ihn immer wieder küsste. Als ich den Schwestern mitteilte, dass die Schulter meines Mannes schmerzte, kam er sofort zum Röntgen. Ich ließ ihn nicht alleine. Überall wo er hin musste, ging ich mit. Oft wollte man mich wegschicken, aber ich bestand darauf bei meinem Schnatz zu bleiben. Auch als er geröntgt wurde. Die Schwestern baten mich den Raum zu verlassen, aber ich weigerte mich. Hermann konnte ja nicht einmal alleine stehen, weil seine Beine so wackelig

waren. Ich setzte mich durch und blieb bei
ihm. Es wurde festgestellt, dass er sich bei
dem Sturz drei Bänder in der Schulter
abgerissen hatte.
Ich dachte nur:

„Hauptsache er lebt!"

5.38 Uhr

Die Schulter wurde später operiert und am Tag unserer Hochzeit durfte ich ihm die Fäden ziehen. Der Arzt hatte es mir erlaubt, da wir den Termin zum Fäden ziehen ablehnten. Wir sagten ihm, dass wir an diesem Tag heiraten würden und unser Sohn Geburtstag hätte. "Na wenn sie ihrer Frau so sehr vertrauen, dass Sie sie heiraten, kann sie ihnen auch die Fäden ziehen." sagte der Arzt. "Trauen Sie sich das zu Frau Degen?" "Ja." antwortete ich. "Gute Antwort, hört sich an, als würden sie schon für den großen Tag üben." schmunzelte er. Nun drehte er sich zu meinem Mann und meinte: "Herr Schmied, man heiratet nur wem man vertraut! Also alles Gute und viel Glück beim Fäden ziehen." Der Arzt war ein komischer Kauz, aber irgendwie hatte er ja Recht. Ich vertraute meinem Schnatz, ich konnte ihn mit gutem Gewissen heiraten und ich glaube, er dachte ebenso.

Leise schnaufend, wie immer, schläft er und ich liege noch immer an seinem Herzen. Es schlägt leise und gleichmäßig. Ich schaue aus dem Fenster. Man kann noch durch das Fenster die Sterne am

Himmel sehen. Eine klare Nacht. Eine schöne Nacht.

5.39 Uhr

An unsere Hochzeit kann ich mich erinnern, als wäre es erst gestern gewesen. Endlich nach 11 Jahren Probezeit, haben wir uns vor den Altar getraut. Es sollte an einem 26. August sein. Das war ja schließlich der Tag, an dem wir uns vor 11 Jahren das erste mal geküsst hatten. Aber das ging nicht, weil das Restaurant in dem wir feiern wollten an diesem Tag ausgebucht war. Ich wollte nur diese Lokalität und keine andere. Später dankte es mir mein Schnatz, da er es sich die Feier nicht hätte schöner vorstellen können. Wir redeten mit Simon unserem jüngsten Sohn, ob es in Ordnung sei, wenn wir eine Woche früher am 19. August, an seinem 6. Geburtstag heiraten würden. Simon freute sich und rief: "Toll, da kann ich zwei Mal feiern."

Also verlegten wir die Hochzeit und heirateten eine Woche früher. Am Tag unserer standesamtlichen Hochzeit feierten wir morgens in aller Ruhe den Geburtstag von Simon mit Kaffee, Kuchen, Kerzen und Geschenken, wie es sich für einen Geburtstag gehört. Mittags heirateten wir um 14 Uhr standesamtlich, machten ein paar Fotos, tranken einen Sekt, fuhren nach Hause um uns umzuziehen und auf ein Konzert, welches Hermann abends noch mit seiner Band gab, zu fahren. Wir kamen etwa um 4.30 Uhr nachts nach Hause und ich fragte ihn ob es schon zu spät sei um die Hochzeitsnacht zu vollziehen. "Die 20 Minuten bekommen wir jetzt auch noch hin!" sagte Hermann im Spaß. Die Nacht war sehr kurz, aber die 20 Minuten hatten wir noch.

Am nächsten Tag heirateten wir kirchlich. Eigentlich war es nicht kirchlich, denn wir heirateten auf einer Burgruine im Wald. Vorbereiten mussten wir alles selbst und es kostete auch jede Menge Überredungskünste, die Dekanin und den Kirchenrat davon zu überzeugen, uns dort oben zu trauen. Sie hatten Bedenken, dass organisatorisch nicht alles wie geplant ablaufen könnte. Dann kam von der Dekanin die von mir schon erwartete Frage: "Was spricht eigentlich dagegen in der Kirche zu heiraten?" Ich sagte: "Nichts, aber wenn das Wetter schön ist, ist der liebe Gott auch lieber draußen!" Mit diesem Satz hatte ich gewonnen und es stand unserer Traumhochzeit nichts mehr im Weg.

Auch wenn die Trauung erst um 16 Uhr war, so mussten wir doch morgens früh raus. Wir mussten ja alles selbst vorbereiten. Der Burghof musste geschmückt, der Altar aufgebaut, die Stühle gestellt werden. Einen Friseurtermin hatte ich auch noch und dann kamen auch noch einige Gäste früher. Im Jogginganzug machte ich ihnen die Tür auf. Es war noch Zeit um einen Kaffee mit ihnen zu trinken, bevor wir uns fertig machen mussten. Silke, mein Engel, half uns bei den Vorbereitungen von Anfang an. Sie schrieb in die vorgefertigten Einladungen einen kleinen Text, sodass wir sie nur noch unterschreiben mussten. Sie kümmerte sich um die Tischkarten, sie half beim Schmücken der Burgruine mit und wusch die Stühle ab, die wir anschließend noch zwischen den Kastanienbäumen aufstellten. Es stimmte alles. Es war perfekt!

Meine beiden Brüder halfen auch. Der große fotografierte und der kleine, der zwar älter ist als ich, aber jünger als mein großer Bruder, half morgens beim Aufbau mit. Es war alles so perfekt. Als Hermann und ich uns vor der Burgruine trafen und er mir aus dem Auto half, hüpfte mein Herz. Auch Hermann hatte an diesem Tag einen freudigen Glanz in den Augen und war den ganzen Tag, bis spät in die Nacht am lächeln. Mein Vater brachte mich zum Altar, es war wie im Märchen. Stolz schritt er neben mir her. Dennoch fiel es ihm ein wenig schwer, mich loszulassen, als wir bei Hermann ankamen. Für die musikalische Begleitung der Kirchenlieder hatte ich einen Bläserchor organisiert. Ich kannte die Leute des Chors schon seitdem ich ein kleines Mädchen war und hatte sie gefragt, ob sie uns an diesem Tag musikalisch begleiten wollten. Da sie mich hatten aufwachsen sehen und von klein auf kannten, sagten sie sofort zu.

Auch die Bandkollegen von Hermann kamen und kümmerten sich um die Musikanlage, welche die Sängerin und der Keyboarder der Band abends brauchten, um uns musikalisch zu unterhalten. Das war ihr Geschenk an uns. Alle waren da. Silke, Anna-Rosa und ihre Familie, meine Chefin und mein Chef - die beiden waren mir sehr ans Herz gewachsen -, Hermanns Freunde und seine Familie, meine Familie. Eben alle, die uns wichtig waren, waren gekommen. Außer Hermanns Vater!

Er mochte mich seit dem Vorfall mit der Trennung nicht mehr. Aber es war unser

Tag. Der Tag der Kinder, Hermann und mir. Die Kinder hatten sich einen Frack und einen Zylinder für diesen Tag gewünscht. So angezogen heirateten sie mit uns. Hermann trug einen dunkel sandfarbenen Anzug, ein lachsfarbenes Hemd und eine sich leicht vom Hemd abhebende lachsfarbene Krawatte. Und ich hatte ein weißes schlicht geschnittenes Kleid, auf dessen Rückseite am Rock Blumenornamente hinunter gestickt waren. Unsere Ringe sind wellenförmig, wie unser Leben ein stetiges Auf und Ab, aus Weißgold und Gelbgold und mein Ring ist mit einem kleinen Diamanten besetzt. Das Weißgold ist heute kaum noch zu erkennen, aber es sind noch die Ringe von unserer Hochzeit. Sie passen immer noch!

Die Dekoration und Blumen hielten wir komplett in dunkelrot und weiß. Wie die Einladungen und die Hochzeitsschleifen für die Fahrzeuge der Gäste. Auf unserem Brautauto war ein Doppelherz. Ein Herz in weiß und eines in dunkelrot. Die Kinder nahmen an der Trauung als Hauptpersonen mit Hermann und mir teil. Es war auch ihr Tag. Sie heirateten schließlich mit und wir wurden eine Familie. Erst tauschten wir die Ringe und dann bekamen die Kinder von Hermann und mir jeder eine Kette um den Hals gelegt. Auf dem Anhänger war ein Engel, unter dem geschrieben stand: Gott schütze Dich. Auf der Rückseite hatten wir das Hochzeitsdatum eingravieren lassen. Als wir den Segen bekamen, standen wir zu fünft vor dem Altar. Unsere Eltern waren die ersten, die uns gratulierten. Mein Vater weinte und Hermanns Mutter weinte auch. Meine Mutter hatte Tränen in den Augen. Wir hatten uns so fest vorgenommen nicht zu weinen, aber als wir die Herzlichkeit unserer Familie und Freunde sahen, mussten auch Hermann und ich weinen. Von seinem besten Freund bekam Hermann ein schottisches Schwert geschenkt. Er war so stolz darauf, dass es fast auf jedem Hochzeitsbild zu sehen ist. Er hat seinen Freund nie vergessen. Immer noch, wenn er heute das Schwert in die Hand nimmt, erzählt er von ihm. Er starb mit 76 Jahren und mein Schnatz vermisst seinen Freund sehr.

Als wir von der Ruine ins Restaurant fahren wollten, hielt meine Mutter uns auf und versuchte zu verhindern, dass wir schon los fuhren. Auf einmal kam eine Frau in einem Dirndel und einem großen Holzkasten durch das Burgtor. Sie stellte sich vor und gratulierte uns. Dann holte sie aus dem Kasten 2 weiße Tauben und gab Hermann und mir je eine in die Hände. Wir sollten sie festhalten, bis sie uns ein Gedicht vorgelesen hatte und sie bat uns danach, die Tauben mit einem Wunsch fliegen zu lassen. Als wir sie fliegen ließen, folgten ihnen aus dem Kasten noch acht weitere Tauben. Es war nicht etwa ein Geschenk meiner Mutter gewesen, nein, die Kinder hatten wochenlang ihr Taschengeld gespart, um uns diese Freude zu machen. Als wir die Tauben fliegen ließen hatten wir, glaube ich, den gleichen Wunsch. Aber verraten haben wir ihn uns nie. Wir sagten uns immer nur: "Mein Wunsch ist in Erfüllung gegangen!" "Meiner auch!" und dann lachten wir und gaben uns einen Erinnerungskuss, der uns an unsere Hochzeit und den Wunsch erinnern sollte, den uns die weißen Tauben erfüllten.

Nach diesem wunderschönen Erlebnis fuhren wir in das im Nachbarort gelegene Restaurant. Es lag in einer Lichtung zwischen Laub- Misch und Tannenwald, direkt an einer weiten Wiese. Wir hatten den Wintergarten gemietet und wurden mit einem Sektempfang begrüßt. Alles war perfekt, die Trauung, das Restaurant, das Wetter, die Gäste, das Essen, die Bedienung, die Musik, die Torte und mein

Mann. Er war so perfekt! Er strahlte wie ein Diamant! Er fühlte sich wohl, freute sich an diesem Tag mit mir und unseren Gästen und auf unsere weitere gemeinsame Zukunft. Es war so schön. Hermanns Onkel hielt eine lustige Rede, die mit den Worten begann: Vor der Hochzeit ist man(n) ledig! Nach der Hochzeit ist man(n) erledigt! Es war eine erfrischende Rede. Anna-Rosa hatte auch eine Rede vorbereitet und ihr, wie auch Hermann und mir, stiegen bei dieser Rede Tränen in die Augen. Es war so herzlich und warm, was sie zu sagen hatte. Es war so persönlich zwischen ihr und uns. Sie hatte mich die ganzen elf Jahre über, die Hermann und ich schon gemeinsam verbracht hatten, begleitet, mich in traurigen Momenten getröstet und sich mit uns gefreut, wenn es Anlass dazu gab.

Auch Silke, die immer darauf achtete, dass an diesem Tag nichts schief ging und bei sämtlichen Hochzeitsvorbereitungen geholfen hatte, hatte mich lange Jahre begleitet und schon viel früher als ich gemerkt, dass ich mich in Hermann verliebt hatte. Sie war da, und egal was passierte, sie war immer da. Sie war vom ersten Tag an ein Teil meiner Seele. Mein Engel. Aber erst mein Schnatz machte mich vollkommen.

Ich würde ihn jederzeit wieder heiraten!

Ein Blick auf den Wecker.

5.47 Uhr

Auch um 5.47 Uhr würde ich ihn wieder heiraten wenn ich könnte! Hermann drückte mich an sich und sagte aus heiterem Himmel zu mir: "Ich würde dich sofort wieder heiraten, Spatzje!". "Wie kommst du denn darauf?" fragte ich ihn leise. "Ich musste gerade an unsere Hochzeit denken und dass, was ich alles mit dir mitgemacht habe. Mein Leben wäre ohne dein verrücktes Wesen angenehm ruhig gewesen. Aber sehr bestimmt auch langweilig! Ich weiß nicht ob ich ohne dich so viel erlebt und erfahren hätte. Ich liebe dich!". Er küsste zärtlich meinen Kopf. Alles was wir in dieser Nacht sagten, sagte wir sehr leise. So als würden wir jemanden aufwecken, wenn wir lauter sprächen. Unsere Verbindung war so innig, dass wir oft das Gleiche gedacht haben. Dann sprachen wir es gleichzeitig aus oder es passierte, wenn ich ihn auf der Arbeit anrufen wollte besetzt war, weil er zur selben Zeit versuchte mich anzurufen. Einfach nur um zu sagen, dass wir uns lieben, oder dass wir an den Einkauf dachten. Ich fragte ihn dann, ob er gleich nach der Arbeit einkaufen gehen wolle oder ob er erst nach Hause käme oder er sagte mir, dass ich ihm bitte durchgeben solle, was wir für die Woche bräuchten, weil er direkt nach der Arbeit einkaufen gehen wolle. Auch in anderen Dingen geschah dies häufig. Wir sagten uns dann immer: „Siehst du, wir können es immer noch. Wir denken immer noch das Gleiche!"

Hermann war schon immer ein Romantiker, wenn auch ein versteckter. Aber bei einem Sonnenuntergang am richtigen Ort zur richtigen Zeit konnte auch er weinen. Als ich ihm damals, als wir zehn Jahre zusammen waren, eine Reise nach Schweden geschenkt hatte und er nichts davon wusste, bis wir im Auto schon auf der Autobahn waren und er meinen Brief laut vor las, hatte er auch geweint. Vor Freude. Heimlich hatte ich vorher die Koffer gepackt und sie ins Auto geladen als er im Bad war. Er liebt Skandinavien und die nördlichen Länder heute noch. Oder an dem Tag, als wir uns nach unserer vorübergehenden Trennung wieder zusammen rauften. Er hatte mir Rosen ins Büro geschickt und ich musste so weinen, dass mein Chef mich für den Rest des Tages beurlaubte. Natürlich hatte ich auch etwas vorbereitet. Als er abends zu unserer Verabredung kam, fuhr ich mit ihm auf den Stoppelacker an "unserem" Nußbaum, packte einen Klapptisch aus und schenkte ihm einen italienischen Abend auf dem Acker. Es war die letzte warme Nacht in diesem Jahr gewesen und man konnte die Venus in diesem Jahr besonders gut sehen. Der Stern der Liebe. An diesem Abend beschlossen wir, wieder eine Familie zu sein und uns nie mehr zu trennen. Es war unser neunjähriges Zusammensein.

Ich kann das Pizzabrot und den Wein riechen und ich schmecke den Kaffee, den wir in der Nacht getrunken haben.

5.55Uhr

Um 7.00Uhr steht mein Schnatz auf und macht Frühstück. Wenn alles fertig ist, weckt er mich und schenkt mir meinen Kaffee ein. Handgebrüht mit Milch und Zucker, wie ich ihn gerne trinke.

An den Tod mancher Freunde und vor allem unserer Eltern kann ich mich fast gar nicht mehr erinnern. Nur noch sehr wage. Ich kann mich nicht einmal mehr daran erinnern, welche Farbe die Särge hatten oder wie lange der Trauergottesdienst gedauert hatte, geschweige denn, wer alles da war. Wir saßen einfach nur da, hielten uns fest an den Händen und weinten mit starren Gesichtern. Auch den Lärm, welchen die Trauergästen während ihrer Unterhaltungen verbreiteten, nahmen wir nicht wahr. Hermann war so verzweifelt als sein Vater starb. Auch hier existiert kaum noch eine Erinnerung. Ich kann mich nur daran erinnern, dass ich ihm ständig ins Gesicht sah, weil ich nichts sagen konnte. Sein Vater war weg! Tot! Hermann hat ihn so sehr geliebt! Er hatte bis zuletzt immer Angst, etwas zu tun, was seinem Vater nicht gefallen hätte. Hermann hatte den größten Respekt, den ein Sohn vor seinem Vater haben konnte. Er, der Sohn hatte seinen Vater geliebt und der Vater hatte seinen Sohn ebenfalls geliebt!

Sein Vater mochte mich vielleicht nicht mehr, seit Hermann und ich eine Zeit lang getrennt waren. Er gab mir die Schuld für alles. Aber ich hatte ihn gerade wegen seiner eigenen Art immer gemocht, egal was passiert war und was er über mich dachte. Ich habe immer für mich selbst entschieden, wer mich beleidigen oder verärgern konnte. Hermanns Vater war immer um die Sicherheit seines einzigen Sohnes besorgt.

Ich wusste sehr genau, seit dem Tag vor 43 Jahren, als Hermann seinen Anfall hatte, um die Besorgnis und Angst, die man um einen geliebten Menschen haben kann. Nie zuvor hatte ich solche Angst gehabt. Nie!

Wenn man um sich selbst Angst hat, ist es eine andere Angst als wenn man fürchtet hat einen geliebten Menschen zu verlieren. Das hatte ich an jenem Tag gelernt!

Hermanns Vater wusste sich in wichtigen Situationen immer zu beherrschen. Als seine Eltern Hermann nach seinem Anfall damals im Krankenhaus besuchten, wollte ich Hermann mit seinen Eltern alleine lassen. Hermanns Vater sagte zu mir, dass ich ruhig da bleiben könne, es würde ihm nichts ausmachen. Dies war so eine beherrschte Situation. Als ich fünf Wochen nach der Hochzeit meinen ersten großen Anfall auf der Autobahn bekam und ins Krankenhaus musste, brachte er Hermann sofort zu mir ins Krankenhaus, da mein Schnatz ein halbes Jahr lang anfallsfrei bleiben musste, bis er wieder Auto fahren durfte. Hermanns Vater war ebenfalls besorgt, dass habe ich ihm angesehen, auch wenn er es nie zugegeben hätte. Auch dies war eine beherrschte Situation. Und ich glaube, irgendwie hat er mich doch gemocht.

Hermann wurde von seinem Vater nie im Stich gelassen. Sein Sohn war ihm stets das Wichtigste gewesen.

Meine Gedanken verschwimmen, sie geraten durcheinander! Alles vermischt sich auf einmal. Ich vermisse die Toten! Die Menschen, die schon vor uns gegangen sind.

Ob man sie im Jenseits wieder sieht? Oder im Himmel?

Ich lege immer mein Ohr auf Hermanns Brust, um zu hören ob sein Herz noch schlägt, wenn ich sein leises Schnaufen nicht höre. "Spatz, ich lebe noch. Seit 43 Jahren machst du das immer noch fast jede Nacht, obwohl du weißt, dass ich davon wach werde. Du wirst mich nicht so einfach los! Gleich hast du mich so wach, dass ich dich vernaschen werde." "Du alter Knopf hast es immer noch faustdick hinter den Ohren." antworte ich ihm leise und muss schmunzeln.

Ich habe gerne mit ihm geschlafen, sehr gerne, auch heute noch. Oft, wenn wir uns gestritten hatten, haben wir uns so wieder versöhnt. Ich habe mich dabei nie unwohl, sondern immer geborgen gefühlt. Er hatte immer so zarte Haut. Er roch immer so gut und seine langen Haare kitzelten mich. Im Gesicht, an den Schulter, am Bauch. Über all dieses Kitzeln. Ich kann es spüren.

Er hatte schon lange Haare als wir uns kennenlernten und seitdem erzählte er mir immer wieder, dass er sich dringend die Haare kurz schneiden lassen müsse, sonst bräuchte er sich nirgendwo zu bewerben.

6.08 Uhr

Bald riecht das ganze Haus nach frisch gebrühtem Kaffee.

Er hatte mal ein Bewerbungsgespräch und wollte sich vorher noch die Haare schneiden lassen, aber es war keine Zeit mehr, da er für seine Probe mit der Band noch etwas üben musste und am nächsten Tag Probe war. Das war natürlich für meinen Vollblutmusiker wichtiger. Am Tag darauf hatte er dann das Bewerbungsgespräch und bekam die Stelle trotz seiner langen Haare. Er war immer der Meinung, er hätte umsonst studiert, weil er mit seiner Arbeit nie zufrieden war, aber diese neue Stelle liebte er. Wenn er von der Arbeit kam, war er gutgelaunt. Ging er morgens aus dem Haus, fuhr er gutgelaunt zur Arbeit. Irgendwann sagte ich zu ihm: "Siehst du Schnatz, du hast doch nicht umsonst studiert. Ich sage doch immer: Am Ende wird alles gut und wenn es nicht gut wird, ist es nicht das Ende!" Mit einem fröhlichen "Stimmt genau!" stimmte er mir zu und fuhr los. Ich stand dann auf der Terrasse und winkte ihm zu. Es war immer die gleiche Prozedur. Erst bekam ich einen Kuss, dann verließ er das Haus und rief mir vom Auto aus zu: "Ich liebe dich!" Ich rief dann zurück: "Ich liebe dich aber viel mehr, fahr vorsichtig!" Jeden Abend, Morgen und immer wenn er das Haus verließ machten wir es so, denn man wusste nie, ob man sich wieder sah. Dieser Gedanke hat uns nie belastet, aber wir wollten beide, dass, sollte unverhofft etwas passieren, der andere wusste, dass er geliebt wurde.

Als Lucas, mein mittlerer Sohn, heiratete, wollte Hermann sich auch die Haare schneiden lassen. Aber auch zu diesem Anlass kam er nicht dazu. Lucas war das erste meiner Kinder, das heiratete. Er war als Kind immer sehr kräftig gewesen. Auch jetzt war er noch ein kräftiger, aber stattlicher junger Mann. Mittelgroß und sehr attraktiv. Mit seinen blonden Haaren und blauen glänzenden Augen stand er vor dem Altar und wartete auf seine zukünftige Frau. Julia! Er sah so gut aus in seinem dunkelbraunen Anzug, dem hellbeigen Hemd und der dunkelbraunen Krawatte. Julia war ebenfalls blond und hatte blaue Augen. Sie war sehr zierlich und bildhübsch. Sie passte in die Familie, denn wir waren alle blond und hatten blaue Augen. Hermann war immer hellblond gewesen, so dass es gar nicht auffiel, dass seine Haare immer weißer wurden. Simon hatte das helle Haar von Hermann geerbt und Robin und Lucas hatten ein etwas dunkleres blond, welches sie von mir geerbt hatten.

Endlich kam Julia auf den Altar zu. Sie war so schön. Sie hatte kleine Perlen im Haar und die großen Locken waren hochgesteckt. Sie trug ein Elfenbeinfarbenes Kleid aus feiner Seide und seitlich nach hinten zog sich eine kleine Schleppe aus Organza. Hier musste nicht nur ich, sondern auch meine Mutter aus ganzem Herzen weinen, denn sie, Julia und ich hatten das Kleid zusammen ausgesucht. Mit ihrer zierlichen Figur sah sie darin aus wie eine kleine Fee!

Wir nannten sie auch immer Fee. Immer wenn wir von Fee sprachen, war sie gemeint. Lucas und Julia wollten keine große Hochzeit. Nach der Trauung gingen wir essen und dann setzten sich die beiden wie sie waren, in ihrer Hochzeitskleidung, in ein Flugzeug nach Hamburg, weil dort das Schiff zu ihrer Hochzeitsreise ablegte. Wir hatten alle zusammengelegt. Rolf, meine Eltern, Julias Eltern, Freunde, Robin, Simon, die Paten und natürlich Hermann und ich, dass wir ihnen diese Reise schenken konnten. Sie hatten ja sonst alles was sie brauchten, denn sie lebten auch schon acht Jahre zusammen. Außerdem verdiente Lucas als Koch in einem großen bekannten Hotel nicht schlecht. Julia arbeitete in einer Apotheke. Wir machten uns immer darüber lustig, dass sie genau wüsste welches Medikament die Familie braucht, wenn Lucas mal schlecht kocht.

Als sie von Ihrer Reise zurück kamen war Julia schwanger. Sie hatten es schon vor der Hochzeit geplant, aber nichts erzählt. Wir freuten uns so sehr und besonders ich, da ich mich nach Simon´s Geburt sterilisieren ließ, was ich im Nachhinein nur sehr schwer verkraftet hatte. Ich durfte ja keine Kinder mehr bekommen, da ich ständig Medikamente einnehmen musste. Ich hätte so gerne noch ein Kind mit Hermann gehabt. Und nun wurde ich Oma.

Oma, mit 47 Jahren!

Herrlich, ich war noch jung genug um mein Enkelchen sehr lange zu erleben und viel mit ihm zu unternehmen. Heute ist die kleine Lisa schon 27Jahre alt und seit kurzem selbst Mutter eines strammen Jungen. Er ist vier Monate alt und sieht aus wie Lucas, als er noch so klein war. Ich bin also Uroma. Das war und ist für mich eine große Ehre, denn wer lernt seinen Urenkel noch kennen?

Robin hatte leider weniger Glück. Er machte eine Ausbildung zum Chemielaboranten. Danach holte er seinen Realschulabschluss nach und machte sein Abitur. Er wollte studieren, aber seine damalige Freundin wurde schwanger und er musste sein Studium abbrechen, um seine Familie ernähren zu können. Er bekam mit Alexsandra zwei Mädchen, bevor sie ihn verließ. Sie kam aus Griechenland. Ich mochte sie nicht besonders, akzeptierte sie aber, weil mein Sohn sie liebte. Wenn sie kam, versuchte ich ihr auch immer das Gefühl zu vermitteln, dass sie willkommen sei. Aber ich fand nie die passenden Worte und eine richtige Verbindung zu ihr. Sie ging zurück nach Griechenland und Robin ließ sich von seiner Firma aus in eine Außenstelle nach Griechenland versetzen um seine Töchter in der Nähe zu haben. Er wollte nicht, dass die Mädchen unter der Trennung leiden mussten und legte Alexsandra daher keine Steine in den Weg, als sie zurück in ihre Heimat wollte. Er hatte Glück, dass es eine Außenstelle seiner Firma dort gab. Zwar trennten ihn aus beruflichen Gründen fast

200 km von seinen Töchtern, aber wann immer er konnte besuchte er sie. Drei Jahre war er in Griechenland, dann musste er wieder zurück nach Deutschland, da die Firma ihren Betrieb in Griechenland schließen musste. Zwischendrin hatte er uns mit Claudia und Fehni, seinen beiden Töchtern, vier mal besucht. Als er zurück nach Deutschland kam, kam er aber nicht alleine. Er hatte Alexsandra vor einem Jahr geheiratet. Leider starb sie vier Monate später an Multiplem Organversagen. Ganz unerwartet.

So kam Robin mit seinen Töchtern nach Deutschland. Da Claudia und Fehni zweisprachig erzogen waren, gab es in der Schule keine Probleme. Auch hatten sie eine gute Erziehung genossen, was die beiden noch liebenswürdiger machte. Robin hatte es nicht leicht, da er nun mit den Mädchen alleine da stand. Zwar nicht ganz alleine, denn er hatte ja noch uns, aber wir konnten ihm nicht das geben, was Alexsandra ihm hätte geben können. Er war nun 44, Claudia war 13 Jahre und Fehni 9 Jahre alt. Es tat mir jetzt leid, dass ich Alexsandra nicht so herzlich empfangen konnte wie Julia, aber ich empfand sie immer als etwas seltsam. Ich wünschte, ich hätte sie besser kennengelernt. Vielleicht war es ja ihr Heimweh, dass sie so unnahbar gemacht hatte. Mein Gewissen plagt mich heute noch manchmal. Es war doch Robin´s große Liebe und ich hätte mich mit ihm freuen und wenigstens versuchen sollen, sie ins Herz zu schließen. Aber ich hatte einfach zugemacht. Es zeriss mir das Herz wenn er von ihr sprach und dabei weinte. Er hatte sie doch so sehr geliebt und er liebt sie noch immer.

Vor fünf Jahren, an seinem 49. Geburtstag lernte Robin eine Frau kennen. Die erste Frau, die er nach Alexsandras Tod lieben konnte. Eva!

Sie genießen jede Minute miteinander, da er weiß, wie schnell man jemanden verlieren kann. Er sagt immer wieder zu mir: "Mama, ich möchte vor Eva sterben, so wie Alexsandra vor mir gestorben ist und Du vor Hermann sterben willst! Ich will das nicht noch einmal durchmachen müssen!".

Er weinte und ich sah, dass er große Angst hatte, auch Eva zu verlieren. Sie war geschieden. Wir nahmen sie in unserer Familie auf und schlossen sie in unser Herz, genau wie Julia. Nicht, nur um den gleichen Fehler zu verhindern, wie wir ihn damals bei Alexsandra gemacht hatten, sondern auch, weil sie so liebevoll mit allen Menschen umging, die sie umgaben.

Eva hatte keine Kinder, aber sie kümmerte sich um Claudia und Fehni, wie sich eine Mutter kümmern sollte. Sie hatte dunkle Haare und braune Augen, wie Claudia und Fehni und sie platzte vor Stolz, wenn man ihr sagte, dass ihr die Mädchen wie aus dem Gesicht geschnitten seien. Robin vermisst Alexandra auch heute noch sehr, aber Eva hat dafür Verständnis. Wenn sie Urlaub machen, fliegen sie nach Griechenland, besuchen Alexsandra´s Eltern und gehen an das Grab.

Eva gibt ihr ganzes Herz für Robin und gibt ihm Kraft und wieder einen Sinn zu leben und zu lieben.

Simon war völlig anders. Er beendete seine Realschule, ging ein Jahr arbeiten und machte dann sein Abitur nach. Danach studierte Archäologie, wie er es, seit er zwölf Jahre alt war, wollte. Hermann wäre auch gerne Archäologe geworden. Doch er hatte Elektrotechnik studiert und wurde damit nie richtig glücklich. Aber er ging immer zuverlässig seiner Arbeit nach.

Simon wusste, das sein Vater auch gerne Archäologe geworden wäre, hatte sich aber nicht nur aus diesem Grund dafür entschieden. Als Simon klein war, nahm ihn Hermann immer mit auf die Suche nach Schätzen. Sie fanden so einiges, aber nie einen richtigen Schatz. Manchmal gingen sie auch mit einem alten Metallsuchgerät los um etwas zu finden. Aber außer rostigen Nägeln und alten Pfennigstücken fanden sie auch damit nichts. Einmal, Hermann war mit Lucas und Simon Esskastanien sammeln, fand Simon den Kopf eines kleinen Rehbocks. Den brachte er ganz stolz mit nach Hause. Ein anderes Mal fanden sie versteinerte Knochen, die sich im Nachhinein aber als versteinerter Kot herausstellten. Aber sie gaben nie auf. Einmal, als Simon zwölf Jahre alt war, ging er mit unserem Hund spazieren und fand einfach so auf dem Weg eine alte Münze. Er suchte den ganzen Weg ab, tagelang, ob dort noch mehr Münzen lagen. Mit Schaufel und Pinsel bewaffnet ging er los. Jeden Tag, zwei Wochen lang und kam jeden Tag enttäuscht nach Hause. Ich tröstete ihn immer und sagte: "Vielleicht solltest Du mal an einer anderen Stelle suchen". Seitdem stand für ihn fest, er will Archäologe werden. Heute ist er es!

Er verdient nicht die Welt, aber er ist glücklich mit seiner Arbeit. Er hat seinem Vater sehr viel über Archäologie beigebracht und heute geht nicht der Vater mit dem Sohn, sondern der Sohn mit dem Vater auf große Schatzsuche. Ein altes Schwert zu finden war der größte Traum von meinem Schnatz. Übrigens wollte Simon mit zehn Jahren noch Feuerwehrmann werden.

Der kleine Luca Alexander, der gar nicht mehr so klein war, sondern mittlerweile 1,94m groß, studierte Lehramt. Wir nennen ihn heute noch manchmal Luca-Baby, weil wir das früher getan hatten und es in unserem Kopf so fest sitzt. Natürlich hört er das nicht gerne und protestiert dagegen. Er unterrichtet auf einem Gymnasium. Keiner hätte mit ihm tauschen wollen, denn die Geschichten, die er manchmal erzählt, waren erschreckend. Aber er verteidigt auch immer wieder seine Schüler. Denn sie erzogen sich ja nicht selbst. Er ist ein beliebter Lehrer, wahrscheinlich, weil er die gleiche Geduld und die ruhige Art wie auch Anna-Rosa hatte. Sie wusste auch immer mit Menschen umzugehen. Luca hat auch nie vergessen, dass er selbst mal jung war und zur Schule ging, was ihm seine Schüler natürlich dankten. Denn er konnte auf sie zugehen und sie verstehen. Wenn er Zeit hat, kommt er Robin und Lucas besuchen und die Kinder der beiden freuen sich immer, wenn Onkel Luca kommt, weil er mit ihnen die Hausaufgaben erledigen kann und sie es viel besser verstehen, wenn er ihnen etwas erklärt. Es ist seine Art. Sie liegt in seiner Natur. Denn diesen Umgang, welchen Luca mit Kindern hat, kann man nicht erlernen.

Simon wohnte während des gesamten Studiums bei uns im Haus. Ab und zu hatte er eine Freundin, die er mit nach Hause brachte. Hermann war über den häufigen Wechsel von Simons Bekanntschaften nicht sehr erfreut. Aber Simon war schon als siebenjähriger ein Frauenheld, das hat sich all die Jahre gehalten. Hermann hat ihn darin auch immer bestärkt. Das hatte er nun davon.

Mit sieben Jahren hatte Simon sich verliebt und fragt mich, ob ich das auch kenne, wie es ist wenn man Raupen gegessen hat und die dann im Bauch ausschlüpfen und Schmetterlinge werden. Ich musste lachen und sagte "Ja, das kenne ich auch mein Schatz!". Seine erste Liebe hieß Jassi.

Am nächsten Morgen saß er mit aufgestütztem Kopf am Frühstückstisch und sagte :"Ich mache besser wieder Schluss!". Ich fragte ihn "Warum?" er antwortete: "Mama, die Beziehung hat mein ganzes Leben verändert!" Ich musste wieder lächeln. Er beruhigte sich aber bald wieder und sie waren vier Monate ein kleines Pärchen. Dann wollte Simon nicht mehr mit Jassi verlobt sein. Sie meckerte ständig an ihm herum und er sollte immer tun, was sie wollte. Außerdem mochte Jassi Simon´s beste Freundin Celina nicht. Sie schickte sie sogar weg, denn sie wollte nicht, dass Simon noch mit anderen Kindern spielte. Aber sie war ein bildhübsches Kind und eine treue Seele. Celina und Simon waren fast jeden Tag zusammen und sie waren ein Gespann wie Bruder und Schwester. Da Celina nach der Schule immer zu uns kam, hatten sie viel Zeit miteinander verbracht. Auch unternahmen und teilten sie fast alles miteinander. Ärger, Schule, Liebeskummer. Sie haben sich nie verloren. Als Simon heiratete, wurde Celina seine Trauzeugin und sie ist bis heute seine beste Freundin geblieben Sowie Celinas Mutter bis heute eine große Rolle in meinem Leben spielt. Sie hat mich damals, als ich unter Panikattacken litt, bedingt durch die

Epilepsie, sehr unterstützt. Ich wollte nicht mehr aus dem Haus gehen, schon gar nicht alleine. Außer mit unserem Hund und selbst dann nur einige wenige Schritte. Celinas Mutter unterstützte mich mit viel Geduld, dass ich das Haus wieder alleine und ohne Angst verlassen konnte. Anfangs begleitete sie mich. Wir gingen mit dem Hund weitere Strecken spazieren, gingen zusammen einkaufen und sie brachte mich in den Hundesportverein, bis ich den Mut hatte, endlich alleine nach draußen zu gehen. Sie hatte viel Geduld mit mir. Wir waren oft unterschiedlicher Meinung, was aber für uns gut und wichtig war, da wir uns dadurch ergänzten.

Simon trug die Haare immer wie sein Vater. Lang! Zu einem Zopf gebunden, dass sie ihn nicht im Gesicht störten. Aber sie mussten lang sein. Auch für Gitarre hatte er seine Leidenschaft entdeckt. Aber er spielte nur zu Hause, da ihm während des Studiums keine Zeit blieb, um in einer Band zu spielen. Vier Jahre hatte er in einer Schülerband gespielt, aber nachdem er von der Schule abgegangen war, waren erst die Mädchen und dann sein Studium wichtiger. Mit 34 Jahren fand auch Simon seine große Liebe. Er heiratete schon nach einem halben Jahr seine Lara. Nach zwei

Jahren bekam Lara einen blonden Jungen mit blauen Augen. Der kleine Tim ist Simon´s ganzer Stolz und ihm wie aus dem Gesicht geschnitten. Genau wie bei Hermann, blieb es bei dem einen Sohn. Es ist schon bewundernswert, wie das Aussehen von Generation zu Generation weitervererbt werden kann, denn im Alter von drei Jahren sah Tim aus wie Simon und Hermann mit drei Jahren. Es gibt von allen dreien je ein Bild, an dem sie an einem Tisch sitzen und Faxen machen und alle Bilder sehen aus, als wäre es das selbe Kind.

Hermann war enttäuscht, dass Simon sich nicht so sehr mit der Gitarre beschäftigte, wie er es sein ganzes Leben lang getan hatte. Aber er hatte dafür Verständnis. Arbeit und Familie waren für Simon wichtiger. Sie hatten äußerste Priorität. Simon schenkte jedoch Tim zum achten Geburtstag eine Gitarre und brachte ihm das Spielen bei. Hermann macht heute immer noch mit den verblieben Bandmitgliedern Musik und war vielleicht deshalb so stolz auf seinen Enkelbuben.

Es sind die gleichen Bandmitglieder, mit denen er vor 46 Jahren eine neue Band gegründet hatte. "Aus Tim wird mal ein großer Musiker!" sagte Hermann immer. Leider musste Hermann schon auf zwei Beerdigungen ein letztes Mal für seine Freunde spielen. Denn zwei Bandmitglieder waren schon gestorben.

Ach mein Schnatz, es war so schlimm für Dich. Wieder schaue ich auf den Wecker.

6.32Uhr

Ich muss wohl kurz geschlafen haben. Gleich bekomme ich den liebevollst gebrühten Kaffee der Welt. Wir haben ihn immer mit der Hand aufgebrüht. Eine Kaffeemaschine wollten wir nie, obwohl uns einige Leute immer eine schenken wollten. Scheinbar dachten sie, wir könnten uns keine leisten. Ich muss lächeln.

Viele Freunde sind schon gestorben und jeder von Ihnen wollte uns eine Kaffeemaschine schenken. Sie konnten nie verstehen, warum wir uns die Arbeit machten, den Kaffee mit der Hand aufzubrühen. Mit einer Maschine wäre es doch viel bequemer gewesen.

Wir waren einfach gestrickt, hatten nicht viele Ansprüche, weil wir so oft enttäuscht worden waren, wenn uns ein Vorhaben nicht gelungen war. Wir wollten immer viel reisen, aber es fehlte meist das Geld. So den einen oder anderen kleinen Urlaub haben wir uns trotzdem gegönnt, aber wir haben uns Bescheidenheit angewöhnt und beschlossen, dass es viel mehr wert ist als alles Andere, dass wir uns haben. Unsere Kinder schenkten uns zur silbernen Hochzeit eine Reise nach Mexiko. Natürlich war Hermann wieder auf den Spuren der Antike unterwegs, Es war herrlich, seine Begeisterung für die Spuren der Vergangenheit mit zu erleben. Mein Schnatz hatte mal wieder vergessen, dass er Sonnenmilch benutzen sollte. Immer und immer wieder entdeckte etwas Neues. So hatte er keine Zeit, sich einzucremen. Er sah aus wie ein Hummer als wir aus dem Urlaub kamen.

Ja, unsere silberne Hochzeit. 25 Jahre verheiratet!

Wir feierten sie mit den verbliebenen und den neuen Familienmitgliedern und mit den verbliebenen Freunden und mit unseren Kindern und Enkelkindern.

Zwei Wochen vor unserer silbernen Hochzeit hatten wir den zuerst verstorbenen Bandkollegen zu Grabe tragen müssen. Er war mit 63 Jahren an Herzversagen gestorben. Einfach umgefallen. Dieser Anblick, als Hermann leicht gekrümmt mit seinem Gitarrenkoffer in der Hand das Haus verließ, um mit mir auf die Beerdigung zu gehen, werde ich nie vergessen. An diesem Tag wurde uns klar, dass wir die nun die Generation sind, die daran ist, zu sterben.

Für den Fall, dass uns einmal etwas passieren sollte, hatten unsere Kinder einen Haustürschlüssel, dass sie jeder Zeit ins Haus konnten. Hermann hatte schon immer Probleme mit dem Rücken gehabt. Diese hatte er, seit wir damals zu meiner Mutter gezogen waren und er sich verhob, als wir die Waschmaschine in den Keller trugen. Dabei hatte er sich die Bandscheibe verletzt. Als er älter wurde, musste er sich auf einen Stock stützen, wenn er ging. Er brauchte diesen Stock zum Aufstehen aus dem Bett, aus dem Sessel und vom Stuhl. Er brauchte den Stock eigentlich immer. Doch auf der Beerdigung stand er gerade, stolz und ohne Stock, obwohl er Schmerzen hatte.

Er spielte ein letztes Mal mit den anderen für einen Freund!

Ein Freund, der ein Stück Musik mitnahm!

Die Feier unseres silbernen Hochzeittags war genauso perfekt wie unsere Hochzeit. Wir bekamen noch mal die gleiche Hochzeitstorte mit dem gleichen Brautpaar darauf wie vor 25 Jahren. Ich hatte es aufgehoben und in eine Truhe mit Hochzeitserinnerungen gelegt. Julia hatte es heimlich aus der Truhe genommen und dem Konditor im Restaurant gegeben. Robin hatte dem Konditor gesagt, welche Torte wir an unserer Hochzeit hatten und sie sollte genauso sein wie damals.

Es war nämlich so, dass das einzige Stück, dass mein Schnatz und ich von der Hochzeitstorte bekamen, ein Stück Erdbeersahne war und das mussten wir uns auch noch teilen, denn auf einmal war die Torte verschwunden. Die Gäste hatten sie aufgegessen.

Von dieser Torte, welche die Kinder organisiert hatten, sollten wir von allem ein Stück haben. Wir feierten bis lange nach zwei Uhr in der Nacht, dann fuhren wir nach Hause. Hermann fragte, wie es mit einer silbernen Hochzeitsnacht aussähe. Ich antwortete ihm frech lächelnd: "Die 20 Minuten bekommen wir jetzt auch noch hin!" Ich fand ihn in dieser Nacht so attraktiv und erotisch. Wie in unserer 1. Hochzeitsnacht! Weiche Haut, der gleiche Geruch, die langen Haare, ich sah nicht eine Falte und er war genauso zärtlich. Außerdem hatte er immer noch seinen knackigen Po, dem ich immer, wenn es sich ergab, hinterher gesehen habe.

Ich sehe heute noch keine Falten. Für mich hat er sich nicht verändert.

Obwohl... vorhin habe ich doch welche gesehen!

Aber jetzt sind sie wieder weg. Langsam wird es hell und er sieht so jung aus. Man sieht ihm seine 83 Jahre überhaupt nicht an. Er sieht aus wie an dem Tag, als ich das erste Mal gesehen habe. Jung und gutaussehend. Ich rieche an ihm und inhaliere seinen Duft. Er benutzt immer noch das gleiche Deodorant.

6.49 Uhr

Wenn ich so an die Jahre denke, seit denen Hermann schon in Rente ist, fällt mir als erstes seine Musik ein. Er verlässt immer noch jeden Donnerstag- und Sonntagabend das Haus, um zur Probe zu fahren. Nur heute sieht es anders aus wenn er geht. In der linken Hand hat er seinen Gehstock, mit der rechten Hand trägt er den mächtigen Gitarrenkoffer und am kleinen Finger hängt der Autoschlüssel. Auf dem Weg zum Auto wehen die Haare immer noch auf und ab wenn er läuft. Seine Bandscheibe macht ihm sehr zu schaffen. Aber er lässt sich davon seine Probe nicht nehmen. Wenn er ins Auto steigt ruft er mir immer noch zu: "Ich liebe dich, bis später!" und ich rufe zurück: "Ich liebe dich aber viel mehr, fahr vorsichtig!" Vorher geben wir uns selbstverständlich noch einen Kuss. So haben wir es immer getan und so machen wir es heute noch. Wenn er von der Probe kommt meckert er, wie auch vor 54 Jahren schon, wie schlecht seine Gitarre klingt und dass er sich unbedingt eine neue kaufen muss. Sein ganzes Leben wartet er auf den perfekten Sound einer Gitarre die er in der Hand halten würde. Als wir uns kennenlernten hatte er schon sieben Gitarren, die seiner

Meinung nach alle keinen guten Klang hatten. An den weiteren 17 Gitarren die er sich in den letzten 54 Jahren gekauft hatte, hatte er auch immer etwas auszusetzen. Aber er hat sich nie von einer einzigen trennen können. Genauso wie von seinen langen Haaren. Das liebte ich so an ihm!

Er war immer der, der er gewesen war, als ich ihn kennen lernte.

Der langhaarige Gitarrist, der ständig an seinem Verstärker schraubte und seine Gitarren stimmte und den perfekten Sound suchte!

6.52 Uhr.

In acht Minuten klingelt der Wecker. Dann wird mein Schnatz aufstehen, liebevoll den Tisch decken, den Kaffee überbrühen. Dann um Punkt 7.30 Uhr wird er mich zum Frühstück wecken. Ich stehe dann zehn Minuten später auf und gehe zuerst ins Badezimmer. Bis ich fertig bin, ist es dann acht Uhr und ich setze mich zu ihm an den Tisch. Dort steht dann mein Kaffee, mit Milch und Zucker. So ist es immer. Er ist ein so guter Mann!

Auch wenn er es mir nicht immer zeigen konnte und es mir nicht immer gesagt hat, so weiß ich doch, dass er mich von ganzem Herzen liebt und er mich all die Jahre genauso gebraucht hat wie ich ihn. Wir brauchen uns von ganzem Herzen. Denn einer alleine ist nur halb ohne den anderen.
Es würde ein Teil fehlen!

Auf unserem Hochzeitsalbum steht: Wir Menschen sind Engel mit nur einem Flügel. Um fliegen zu können müssen wir uns umarmen. So ist es auch. Ich bin nur glücklich, wenn er glücklich ist. Ich fühle mich nur bei ihm geborgen und wir können nur fliegen, wenn wir uns umarmen.

Wir haben immer zusammengehört, wir gehören zusammen und wir werden immer zusammen gehören. Ich liebe ihn so sehr!

Ich liebe ihn von ganzem Herzen!

Es wird Tag, die Vögel singen schon. Es wird ein schöner Tag, man kann es am Sonnenaufgang erkennen, weil der Himmel klar und rosa-blau ist. Jetzt schlafe ich ein. Kurz bevor mein Schnatz aufsteht um das Frühstück vorzubereiten. Ich fühle mich geborgen in seinem Arm und sein Herz schlägt ruhig und gleichmäßig, jetzt kann ich schlafen.

7.00 Uhr

Der Wecker klingelt, aber irgendetwas ist anders!

Ich sehe uns von oben!

Hermann küsst mir die Wange und fängt an zu weinen. "Mein Spatz, wach auf, ich mache dir doch jetzt Frühstück und den handgebrühten Kaffee den du so gerne magst. Spatz, bitte wach doch auf, bitte!" Er stößt zart mit seiner Hand an meine Schulter. Ich verstehe nicht!?

Er steht nicht auf, er nimmt mich in den Arm und weint. Er bleibt, an mich gedrückt, bei mir liegen, hält mich im Arm und weint. Ich sehe es, aber ich sehe auch, dass ich die Augen nicht öffne.

Warum öffne ich die Augen nicht?
Warum weint er?
Warum steht er nicht auf und macht Frühstück?

Warum hält er mich in seinen Armen und hört einfach nicht auf zu weinen?

"Mein lieber Spatz, wach doch wieder auf! Du kannst mich doch jetzt nicht alleine lassen. Was soll ich denn ohne dich machen?"

Da verstehe ich. Ich bin tot!
Gestorben wie ich es immer wollte. Vor ihm, bei ihm, in seinem Arm!

Er weint immer noch, er ist so verzweifelt. Ich habe ihn verletzt, dass wollte ich nicht. Mein armer Schnatz, dass Leben geht weiter hast du immer gesagt. Ich will dich nicht verlassen und ich werde es auch nie. Ich bin immer bei dir und ich warte auf dich.

Ich sehe wie hilflos er da steht und den Sargträgern nachschaut als sie mich hinaus tragen. Er weint immer noch, geht zurück ins Schlafzimmer legt sich ins Bett und drückt sich in mein Kissen.

Heute macht er kein Frühstück! Heute weint er!

Er geht zum Telefon und ruft die Kinder an. Danach geht er wieder ins Schlafzimmer, nimmt mein Kissen, setzt sich seufzend in den Sessel und starrt das leere Bett an. Mein Schnatz, ich würde dich so gerne in den Arm nehmen und trösten, aber ich kann nicht zurück. Ich werde auf dich warten, mein Schnatz! Ich warte auf dich, denn ich liebe dich doch so sehr!

Als die Kinder kommen, nimmt Robin ihn in den Arm und hält ihn ganz fest. Die beiden haben sich nie besonders gut verstanden, aber ich glaube, er versteht Hermann am besten und lässt die Vergangenheit ruhen. Lucas und Simon nehmen Hermann von hinten in den Arm und halten ihn zärtlich. Er sitzt immer noch im Sessel und sagt: "Jetzt, jetzt geht das Leben nicht mehr weiter! Ich habe immer gedacht, egal was passiert, das Leben geht weiter..., aber jetzt ist es vorbei!"

Es ist Zeit, ich muss gehen. Es ist der 27. August und ich bin um 6.59 Uhr im Alter von 74 Jahren gestorben. Einen Tag nach unserem 54. Jahrestag und eine Minute, bevor mein Mann mich immer geweckt hat, mit dem frisch gebrühten Kaffee, den er jeden Tag mit so viel Liebe für mich zubereitet hat.
Gestorben in den Armen meiner großen Liebe.

Der Liebe meines Lebens!

Ich bin ihm so dankbar!

Danksagung

Ich möchte mich bei allen bedanken, die mich bei meinem Projekt tatkräftig unterstützt haben. Die mir durch Erzählungen Erinnerungen zurück gebracht haben um so vieles zu Papier bringen zu können und bei jenen die stets an mich geglaubt und beim Probelesen ihre ehrliche Kritik über diese Geschichte geäußert haben.

Besonders bedanken möchte ich mich bei meinem Mann und meinen Kindern, weil sie mir die Zeit und Ruhe gegeben haben, dieses Buch zu schreiben.

Auch ein großes Danke an meine Freundin „Meine Piedel" für ihre Geduld und die Korrektur des Textes.

Buchempfehlungen:

Skunja

von Petra Kurtz
Erschienen 2012 bei:

Books on Demand

Mein Bruder, Carlos und ich
von Ilona Kesting
Erschienen 2008 bei:

Books on Demand

1. Auflage 2008
2. Auflage 2012

erschienen bei :
Books on Demand GmbH Norderstedt